SV

Patrick Modiano

Straferlaß

Roman

Aus dem Französischen
von Andrea Spingler

Suhrkamp Verlag

Titel der Originalausgabe: *Remise de peine*

Erste Auflage 1990

Satz und Druck:
MZ-Verlagsdruckerei GmbH, Memmingen
Printed in Germany

FÜR DOMINIQUE

»Es gibt kaum eine Familie, die vier Generationen zählt und die nicht Anspruch erhöbe auf irgendeinen ruhenden Rechtstitel oder auf irgendein Schloß oder einen Besitz: ein Anspruch, der vor keinem Gericht einklagbar wäre, der aber der Phantasie schmeichelt und die Stunden der Muße verkürzt.
Der Anspruch eines Mannes auf seine eigene Vergangenheit ist noch weniger begründet.«

R. L. Stevenson,
A Chapter on Dreams

Es war die Zeit, als die Theatertourneen nicht nur durch Frankreich, die Schweiz und Belgien führten, sondern auch durch Nordafrika. Ich war zehn Jahre alt. Meine Mutter war mit einem Stück auf Tournee, und mein Bruder und ich wohnten bei Freunden von ihr, in einem Dorf der Umgebung von Paris.

Ein einstöckiges Haus mit efeubewachsener Fassade. Eines jener vorspringenden Fenster, die die Engländer *bow windows* nennen, verlängerte den Salon. Hinter dem Haus ein in Terrassen angelegter Garten. Am Ende der ersten Gartenterrasse lag unter Klematis das Grab von Doktor Guillotin versteckt. Hatte er in diesem Haus gelebt? Hatte er dort seine Maschine zum Köpfeabschneiden weiterentwickelt? Ganz oben im Garten zwei Apfelbäume und ein Birnbaum.

Die kleinen Emailschilder, die mit Silberkettchen an den Likörkaraffen im Salon befestigt waren, trugen Namen: Izarra, Sherry, Curaçao. Das Geißblatt überwucherte den Brunnenrand in der Mitte des Hofs, der dem Garten vorgelagert war. Das Telefon stand auf einem Tischchen ganz nah an einem der Fenster des Salons.

Ein Gitter schützte die Fassade des leicht zurückgesetzten Hauses in der Rue du Docteur-Dordaine. Eines Tages war das Gitter neu gestrichen worden, nachdem man es mit Mennige überzogen hatte. War es wirklich Mennige, dieser orangefarbene Anstrich, der mir hartnäckig in Erinnerung bleibt? Die Rue du Docteur-Dordaine sah dörflich aus, vor allem am Ende: eine von Ordensschwestern geführte Schule, dann ein Bauernhof, wo man Milch holen ging, und weiter weg das Schloß. Ging man die Straße hinunter, kam man an der Post vorbei; auf gleicher Höhe, links, waren hinter einem Gartentor die Gewächshäuser des Blumenhändlers zu erkennen, dessen Sohn mein Banknachbar war. Etwas weiter, auf demselben Trottoir wie die Post, verborgen unter dem Laub der Platanen, die Mauer der Jeanne-d'Arc-Schule.

Dem Haus gegenüber eine sanft abfallende Allee. Sie war rechts von der protestantischen Kirche und einem kleinen Gehölz gesäumt, in dessen Dickicht wir einen deutschen Soldatenhelm gefunden hatten; links von einem langen weißen Wohnhaus mit Giebeldach und einem großen Garten mit einer Trauerweide. Weiter unten begrenzte diesen Garten das Gasthaus Robin des Bois.

Am Ende des Abhangs und quer dazu die Straße. Rechts der immer menschenleere Bahnhofsplatz, auf dem wir Fahrrad fahren gelernt haben. In der anderen Richtung ging man an den öffentlichen Anlagen entlang. Auf dem linken Trottoir ein Gebäude mit einer Galerie aus Beton, wo der Zeitungshändler, das Kino und die Apotheke aufeinanderfolgten. Der Sohn des Apothekers war einer meiner Klassenkameraden, und eines Nachts brachte sich sein Vater um, indem er sich mit einem Strick, den er an der Terrasse der Galerie befestigt hatte, erhängte. Im Sommer hängen sich die Leute offenbar auf. Zu den anderen Jahreszeiten ertränken sie sich lieber in den Flüssen. Der Bürgermeister des Dorfes hatte das zum Zeitungshändler gesagt.

Sodann ein verlassenes Gelände, wo jeden Freitag Markt war. Manchmal erhoben sich dort die Kuppel eines Wanderzirkus und Jahrmarktsbuden.

Man gelangte vor das Rathaus und zum Bahnübergang. Nachdem man ihn hinter sich gebracht hatte, folgte man der Hauptstraße des Dorfes, die bis zum Kirchplatz und zum Gefallenendenkmal hinaufging. Eine Weihnachtsmesse lang waren mein Bruder und ich Chorknaben in dieser Kirche.

Es gab nur Frauen in dem Haus, wo wir beide wohnten.
Die kleine Hélène war eine Brünette von etwa vierzig Jahren mit einer breiten Stirn und vorstehenden Backenknochen. Durch ihre sehr kleine Gestalt war sie uns nahe. Infolge eines Arbeitsunfalls hinkte sie leicht. Sie war Kunstreiterin gewesen, dann Akrobatin, und das verlieh ihr in unseren Augen Ansehen. Der Zirkus – den wir, mein Bruder und ich, eines Nachmittags im Médrano entdeckt hatten – war eine Welt, an der wir teilhaben wollten. Sie hatte uns gesagt, daß sie ihren Beruf schon lange nicht mehr ausübe, und sie zeigte uns ein Album, in das Fotos von ihr im Reit- und im Akrobatinnenkostüm eingeklebt waren, und Seiten aus Varietéprogrammen, auf denen ihr Name erwähnt war: Hélène Toch. Oft bat ich sie, mir dieses Album zu geben, damit

ich vor dem Einschlafen im Bett darin blättern konnte.
Sie bildeten ein merkwürdiges Trio, sie, Annie und Annies Mutter, Mathilde F. Annie war eine Blondine mit kurzem Haar, gerader Nase, sanftem und zartem Gesicht, hellen Augen. Doch etwas Brutales in ihrer Haltung kontrastierte mit der Sanftheit des Gesichts, vielleicht wegen der alten braunen Lederjacke – einer Männerjacke –, die sie tagsüber zu sehr engen schwarzen Hosen trug. Abends zog sie oft ein hellblaues Kleid an, das in der Taille durch einen breiten schwarzen Gürtel zusammengehalten wurde, und so war sie mir lieber.
Annies Mutter sah ihr nicht ähnlich. War sie wirklich ihre Mutter? Annie nannte sie Mathilde. Graues Haar, zum Knoten gesteckt. Ein hartes Gesicht. Immer dunkel gekleidet. Sie machte mir angst. Sie kam mir alt vor, und doch war sie es nicht: Annie war damals sechsundzwanzig und ihre Mutter fünfzig. Ich erinnere mich der Kameen, die sie an ihre

Bluse steckte. Sie hatte einen südlichen Akzent, den ich später bei den Einwohnern von Nîmes wiederfand. Annie hatte diesen Akzent nicht, sondern, wie mein Bruder und ich, den von Paris.

Jedesmal, wenn Mathilde sich an mich wandte, nannte sie mich »dummes Seelchen«. Eines Morgens, als ich aus meinem Zimmer herunterkam, um zu frühstücken, hatte sie wie üblich zu mir gesagt:

– Guten Morgen, dummes Seelchen.

Ich hatte zu ihr gesagt:

– Guten Morgen, Madame.

Und nach all diesen Jahren höre ich noch, wie sie mir mit ihrer barschen Stimme mit dem Akzent von Nîmes antwortet:

– Madame? ... Du kannst Mathilde zu mir sagen, dummes Seelchen ...

Die kleine Hélène mußte, unter ihrer Freundlichkeit, eine stahlharte Frau sein. Später habe ich erfahren, daß sie Annie ken-

nengelernt hatte, als diese neunzehn Jahre alt war. Sie übte einen solchen Einfluß auf Annie und ihre Mutter Mathilde F. aus, daß die beiden Frauen Herrn F. verließen, um mit ihr zusammenzuleben.
Sicherlich hat der Zirkus, in dem die kleine Hélène arbeitete, eines Tages in einem Provinzstädtchen haltgemacht, wo Annie und ihre Mutter wohnten. Annie saß in der Nähe des Orchesters, und die Trompeten kündigten den Auftritt der kleinen Hélène an, die ein schwarzes Pferd mit silbernem Harnisch ritt. Oder ich stelle sie mir da oben auf dem Trapez vor, wie sie sich auf den dreifachen Salto vorbereitet.
Und Annie trifft sie nach der Vorstellung in dem Wohnwagen, den die kleine Hélène mit der Schlangenfrau teilt.

Eine Freundin von Annie F. kam oft ins Haus. Sie hieß Frede. Heute, in meinen Erwachsenenaugen, ist sie nur noch eine Frau, die in den fünfziger Jahren ein Nachtlokal in der Rue de Ponthieu betrieb. Damals schien sie gleich alt zu sein wie Annie, doch sie war ein bißchen älter, ungefähr fünfunddreißig. Eine Brünette mit kurzem Haar, zierlichem Körper, blassem Teint. Sie trug taillierte Herrenjacketts, von denen ich glaubte, es seien Reitjacken.
Neulich blätterte ich bei einem Antiquar in einer alten Nummer von *La Semaine à Paris* vom Juli 1939, wo die Programme der Kinos, der Theater, der Varietés und Kabaretts aufgeführt waren. Zu meiner Überraschung stieß ich auf ein winziges Foto von Frede: mit zwanzig Jahren trat sie schon in einem Nachtlokal auf. Ich habe dieses Programm gekauft, ein wenig so, wie man sich ein Be-

weisstück verschafft, ein greifbares Zeugnis, daß man nicht geträumt hat.
Darin steht:

> LA SILHOUETTE
> 58, rue Notre-Dame-de-Lorette
> Montmartre. TRI 64-72
> FREDE präsentiert
> von 22 Uhr bis zum Morgengrauen
> ihr weibliches Tanz-Kabarett
> Zurück aus der Schweiz
> DON MARYO
> von dem berühmten Orchester
> Der Gitarrist Isidore Langlois
> Betty and the nice boys.

Und ich finde flüchtig das Bild wieder, das mein Bruder und ich von Frede hatten, wenn wir sie bei der Rückkehr von der Schule im Garten des Hauses sahen: eine Frau, die zur Welt des Zirkus gehörte, wie die kleine Hélène, und die diese Welt mit dem Nimbus des Geheimnisses umgab. Es bestand für uns

kein Zweifel, daß Frede in Paris einen Zirkus leitete, kleiner als der Médrano, einen Zirkus unter einem Zelt aus weißer Leinwand mit roten Streifen, der »Carroll's« hieß. Diesen Namen hörte ich oft aus Annies und Fredes Mund: Carroll's – das Nachtlokal in der Rue de Ponthieu, ich aber sah das rot-weiße Zelt und die Tiere der Menagerie, und Frede mit der schmalen Silhouette und den taillierten Jacketts war die Dompteuse.
Donnerstags brachte sie manchmal ihren Neffen mit ins Haus, einen Jungen unseres Alters. Und wir spielten den Nachmittag über alle drei zusammen. Er wußte viel besser Bescheid über das Carroll's als wir. Ich erinnere mich an einen sibyllinischen Satz, den er uns gesagt hatte und der noch in mir nachklingt:
– Annie hat die ganze Nacht im Caroll's geweint ...
Vielleicht hatte er diesen Satz aus dem Mund seiner Tante gehört, ohne ihn zu verstehen. Wenn sie ihn nicht herbrachte, holten mein

Bruder und ich ihn donnerstags am frühen Nachmittag vom Bahnhof ab. Wir nannten ihn nie bei seinem Vornamen, den wir nicht wußten. Wir nannten ihn »den Neffen von Frede«.

Sie engagierten ein Mädchen, das mich von der Schule abholen und sich um uns kümmern sollte. Sie wohnte im Haus, im Zimmer neben uns. Sie frisierte ihr schwarzes Haar zu einem sehr strengen Knoten, und ihre Augen waren von einem so hellen Grün, daß es ihr einen durchsichtigen Blick verlieh. Sie redete fast nicht. Ihr Schweigen und ihre durchsichtigen Augen schüchterten meinen Bruder und mich ein. Für uns gehörten die kleine Hélène, Frede und selbst Annie zur Welt des Zirkus, doch dieses schweigende junge Mädchen mit dem schwarzen Knoten und den fahlen Augen war eine Märchengestalt. Wir nannten sie Schneewittchen.

Ich bewahre die Erinnerung an die Abendessen, wo wir alle in dem Raum versammelt waren, der als Eßzimmer diente und der vom Salon durch den Hausflur getrennt war. Schneewittchen saß am Ende des Tisches, mein Bruder zu ihrer Rechten und ich zu ihrer Linken. Annie saß neben mir, die kleine Hélène gegenüber und Mathilde am anderen Ende des Tischs. Eines Abends war das Zimmer wegen Stromausfalls von einer Öllampe erleuchtet, die auf dem Kamin stand und Bereiche um uns im Dunkeln ließ.

Die anderen nannten sie, wie wir, Schneewittchen und manchmal »mein Täubchen«. Sie duzten sie. Und bald hatte sich zwischen ihnen eine Vertrautheit hergestellt, denn Schneewittchen duzte sie auch.

Ich nehme an, daß sie das Haus gemietet hatten. Es sei denn, die kleine Hélène war die Eigentümerin, denn sie war bei den Geschäftsleuten des Dorfes sehr bekannt. Vielleicht gehörte das Haus Frede. Ich erinnere mich, daß Frede viel Post in die Rue du Docteur-Dordaine bekam. Ich war es, der jeden Morgen vor der Schule die Briefe aus dem Kasten holte.

Annie fuhr fast täglich mit ihrem beigen 4CV nach Paris. Sie kam sehr spät nach Hause, und manchmal blieb sie bis zum nächsten Tag weg. Oft begleitete sie die kleine Hélène. Mathilde verließ das Haus nicht. Sie machte die Besorgungen. Sie kaufte eine Zeitschrift, die *Noir et Blanc* hieß und deren Nummern im Eßzimmer herumlagen. Ich blätterte darin am Donnerstagnachmittag, wenn es regnete und wir im Radio eine Sendung für Kinder hörten. Mathilde riß mir *Noir et Blanc* aus den Händen.

– Schau das nicht an, dummes Seelchen! Das ist nichts für dein Alter …

Schneewittchen erwartete mich am Schultor mit meinem Bruder, der noch zu klein war, um mit dem Lernen zu beginnen. Annie hatte mich in der Jeanne-d'Arc-Schule, ganz am Ende der Rue du Docteur-Dordaine, an-

gemeldet. Die Direktorin hatte sie gefragt, ob sie meine Mutter sei, und sie hatte geantwortet: ja.
Wir saßen beide vor dem Schreibtisch der Direktorin. Annie trug ihre alte Lederjacke und verwaschene Hosen aus blauem Stoff; eine Freundin, die manchmal ins Haus kam – Zina Rachewsky –, hatte sie ihr aus Amerika mitgebracht: Bluejeans. Man sah sie damals selten in Frankreich. Die Direktorin betrachtete uns mit mißtrauischem Blick:
– Ihr Sohn wird im Unterricht einen grauen Kittel tragen müssen, hatte sie gesagt. Wie all seine anderen kleinen Kameraden.
Auf dem Rückweg die Rue du Docteur-Dordaine entlang ging Annie neben mir, und sie hatte mir die Hand auf die Schulter gelegt.
– Ich habe ihr gesagt, ich sei deine Mutter, weil es zu kompliziert gewesen wäre, ihr das zu erklären. Du bist einverstanden, hm, Patoche?

Ich, ich dachte mit Neugier an diesen grauen Kittel, den ich würde tragen müssen wie all meine anderen kleinen Kameraden.

Ich bin nicht lange in der Jeanne-d'Arc-Schule geblieben. Der Boden des Schulhofs war schwarz von der Schlacke. Und dieses Schwarz paßte gut zur Rinde und zum Laub der Platanen.

Eines Morgens während der Pause kam die Direktorin auf mich zu und sagte:

– Ich möchte deine Mutter sprechen. Bitte sie, heute nachmittag zum Unterrichtsbeginn zu kommen.

Wie üblich sprach sie zu mir mit barscher Stimme. Sie mochte mich nicht. Was hatte ich ihr getan?

Am Schultor warteten Schneewittchen und mein Bruder auf mich.

– Du machst ein komisches Gesicht, sagte Schneewittchen. Hast du was?

Ich fragte sie, ob Annie zu Hause sei. Ich

hatte nur die eine Angst: daß sie nachts nicht aus Paris zurückgekehrt sein könnte. Glücklicherweise war sie zurückgekehrt, jedoch sehr spät. Sie schlief noch in dem Zimmer am Ende des Flurs, dessen Fenster auf den Garten hinausgingen.

– Geh und weck sie, sagte die kleine Hélène, der ich erklärt hatte, daß die Schuldirektorin meine Mutter sprechen wolle.

Ich klopfte an ihre Zimmertür. Sie antwortete nicht. Der geheimnisvolle Satz von Fredes Neffen kam mir wieder ins Gedächtnis: »Annie hat die ganze Nacht im Carroll's geweint.« Ja, sie schlief noch am Mittag, weil sie die ganze Nacht im Carroll's geweint hatte.

Ich drehte den Griff und stieß die Tür langsam auf. Im Zimmer war es hell. Annie hatte die Vorhänge nicht zugezogen. Sie lag auf dem breiten Bett, ganz am Rand, und hätte jeden Augenblick herunterfallen können. Warum legte sie sich nicht in die Mitte des Betts? Sie schlief, den Arm auf die Schulter

gelegt, als fröre sie, und war doch ganz angekleidet. Sie hatte nicht einmal die Schuhe ausgezogen, und sie trug ihre alte Lederjacke. Ich schüttelte sie sanft an der Schulter. Sie öffnete die Augen und sah mich stirnrunzelnd an:
– Ach ... du bist's, Patoche ...

Sie ging mit der Direktorin der Jeanne-d'Arc-Schule unter den Platanen des Schulhofs auf und ab. Die Direktorin hatte mir gesagt, ich solle im Hof warten, während sie miteinander sprachen. Meine Kameraden waren beim Klingeln um Viertel vor zwei ins Klassenzimmer zurückgekehrt, und ich sah ihnen zu, wie sie da drüben hinter den Fensterscheiben an ihren Pulten saßen, ohne mich. Ich versuchte zu hören, was die beiden sagten, aber ich wagte nicht, näher heranzugehen. Annie trug ihre alte Lederjacke über einem Herrenhemd.
Und dann ließ sie die Direktorin stehen und

kam auf mich zu. Wir gingen beide durch das Türchen in der Mauer hinaus, die auf die Rue du Docteur-Dordaine führte.

– Mein armer Patoche ... Sie haben dich rausgeworfen ...

Ich mußte weinen, doch als ich den Kopf hob, sah ich, daß sie lächelte. Und das beruhigte mich.

– Du bist ein schlechter Schüler ... wie ich ...

Ja, ich war beruhigt, daß sie mich nicht schalt, aber gleichwohl ein bißchen überrascht, daß dieses Ereignis, das mir schlimm erschien, sie lächeln machte.

– Mach dir keine Sorgen, Patoche, mein Junge ... Wir melden dich in einer anderen Schule an ...

Ich glaube nicht, daß ich ein schlechterer Schüler war als andere. Die Direktorin der Jeanne-d'Arc-Schule hatte sicherlich Erkundigungen über meine Familie eingezogen.

Sie mußte gemerkt haben, daß Annie nicht meine Mutter war. Annie, die kleine Hélène, Mathilde und selbst Schneewittchen: eine komische Familie ... Sie hatte befürchtet, ich könnte meinen Klassenkameraden ein gefährliches Beispiel geben. Was hätte uns vorgeworfen werden können? Zunächst Annies Lüge. Sie hatte vielleicht sofort die Aufmerksamkeit der Direktorin erregt: Annie schien jünger als sie war, und es wäre besser gewesen, wenn sie gesagt hätte, sie sei meine große Schwester ... Und dann ihre Lederjacke und vor allem diese damals so seltenen ausgewaschenen Bluejeans ... Gegen Mathilde war nichts zu sagen. Eine alte Dame wie andere auch mit ihren dunklen Kleidern, ihrer Bluse, ihrer Kamee und ihrem Akzent von Nîmes ... Dafür kleidete sich die kleine Hélène manchmal komisch, wenn sie mit uns in die Messe oder zu den Kaufleuten des Dorfes ging: eine Reithose mit Stiefeln, Hemdblusen mit bauschigen und die Handgelenke eng umschließenden Ärmeln, eine schwarze Steghose oder gar ein perlmuttbesetztes Bolero … Man ahnte, was ihr früherer Beruf gewesen war. Und doch schienen der Zeitungshändler und der Konditor sie zu mögen und sagten immer sehr höflich zu ihr:

– Guten Tag, Mademoiselle Toch … Auf Wiedersehn, Mademoiselle Toch … Und was darf es bei Ihnen sein, Mademoiselle Toch? …

Und was konnte man Schneewittchen vorwerfen? Ihr Schweigen, ihr schwarzer Knoten und ihre durchsichtigen Augen flößten Respekt ein. Die Direktorin der Jeanne-d'Arc-Schule fragte sich gewiß, warum dieses junge Mädchen mich von der Schule abholte und nicht meine Mutter; und warum ich nicht allein nach Hause ging wie meine anderen kleinen Kameraden. Sie mußte denken, wir seien reich.

Wer weiß? Es hatte genügt, daß die Direktorin Annie sah, um Mißtrauen gegen uns zu hegen. Ich selbst hatte eines Abends Bruch-

stücke einer Unterhaltung zwischen der kleinen Hélène und Mathilde aufgeschnappt. Annie war mit ihrem 4 CV noch nicht aus Paris zurückgekehrt, und Mathilde schien beunruhigt.
– Sie ist zu allem fähig, hatte Mathilde mit nachdenklicher Miene gesagt. Sie wissen ja, Linou, daß sie ein Feuerkopf ist.
– Sie kann nichts Schlimmes anstellen, hatte die kleine Hélène gesagt.
Mathilde hatte einen Augenblick geschwiegen und dann gesagt:
– Sie müssen verstehen, Linou, Sie haben dennoch einen seltsamen Umgang ...
Das Gesicht der kleinen Hélène war hart geworden.
– Seltsamen Umgang? Was wollen Sie damit sagen, Thilda?
Sie hatte eine barsche Stimme, die ich an ihr nicht kannte.
– Regen Sie sich nicht auf, Linou, hatte Mathilde mit ängstlicher und fügsamer Miene gesagt.

Das war nicht mehr dieselbe Frau wie die, die mich »dummes Seelchen« nannte.
Von diesem Tag an dachte ich, daß Annie während ihrer Abwesenheit die Zeit nicht nur damit zubrachte, die ganze Nacht im Carroll's zu weinen. Sie stellte vielleicht etwas Schlimmes an. Später, als ich fragte, was geschehen sei, gab man mir zur Antwort: »Etwas sehr Schlimmes«, und es war wie das Echo eines Satzes, den ich schon gehört hatte. Doch an jenem Abend beunruhigte mich der Ausdruck »Feuerkopf«. Sosehr ich Annies Gesicht betrachtete, ich fand darin nur Sanftmut. Hinter diesen klaren Augen und diesem Lächeln sollte also ein Feuerkopf sein?

Ich war jetzt Schüler in der kommunalen Schule des Dorfes, die etwas weiter entfernt war als die Jeanne-d'Arc-Schule. Man mußte der Rue du Docteur-Dordaine bis zum Ende folgen und die Straße überqueren, die zum Rathaus und zum Bahnübergang hinunterging. Eine große zweiflügelige Eisentür öffnete sich auf den Schulhof.

Auch dort wurden graue Kittel getragen, aber der Hof war nicht mit Schlacke bedeckt. Es war ganz einfach Erde.

Der Lehrer mochte mich und bat mich jeden Morgen, der Klasse ein Gedicht vorzulesen. Eines Tages, als Schneewittchen nicht da war, hatte mich die kleine Hélène abgeholt. Sie trug ihre Reithose, die Stiefel und die Jacke, die ich »Cowboyjacke« nannte. Sie hatte dem Lehrer die Hand geschüttelt und ihm gesagt, daß sie meine Tante sei.

– Ihr Neffe liest sehr gut Gedichte, hatte der Lehrer gesagt.
Ich las immer dasselbe, jenes, das mein Bruder und ich auswendig konnten:

Ô combien de marins, combien
de capitaines …

Ich hatte gute Kameraden in dieser Klasse: den Sohn des Blumenhändlers aus der Rue du Docteur-Dordaine, den Sohn des Apothekers, und ich erinnere mich an den Morgen, als wir erfuhren, daß sein Vater sich erhängt hatte …, den Sohn des Bäckers aus dem Weiler Les Mets, dessen Schwester so alt war wie ich und blondes, lockiges Haar hatte, das ihr bis zu den Knöcheln ging.
Oft holte Schneewittchen mich auch nicht ab: sie wußte, daß ich mit dem Sohn des Blumenhändlers heimkommen würde, dessen Haus neben unserem stand. Am späten Nachmittag, wenn die Schule aus war und

wir keine Aufgaben hatten, gingen wir, eine ganze Bande, ans andere Ende des Dorfes, weiter noch als das Schloß und der Bahnhof, bis zu der großen Wassermühle an der Bièvre. Sie war immer noch in Betrieb, und dennoch schien sie baufällig und verlassen. Donnerstags nahm ich meinen Bruder mit dorthin, wenn Fredes Neffe nicht da war. Das war ein Abenteuer, das wir geheimhalten mußten. Wir schlüpften durch den Spalt in der Mauer und setzten uns nebeneinander auf den Boden. Das große Rad drehte sich. Wir hörten das Dröhnen eines Motors und das Tosen eines Wasserfalls. Es war kühl hier, und wir atmeten den Geruch von Wasser und nassem Gras. Dieses große Rad, das im Halbschatten glänzte, ängstigte uns ein bißchen, doch wir konnten nicht umhin, seinem Drehen zuzuschauen, während wir nebeneinander saßen, die Arme auf den Knien verschränkt.

Mein Vater besuchte uns zwischen zwei Reisen nach Brazzaville. Er konnte nicht Auto fahren, und da ihn jemand mit dem Wagen von Paris ins Dorf bringen mußte, begleiteten ihn abwechselnd seine Feunde: Annet Badel, Sacha Gordine, Robert Fly, Jacques Boudot-Lamotte, Georges Giorgini, Geza Pellmont, der dicke Lucien P., der sich in einen Sessel des Salons setzte, und jedesmal fürchteten wir, der Sessel könnte unter seinem Gewicht zusammenbrechen oder bersten; Stioppa de D., der ein Monokel und einen Pelz trug und dessen Haar so schwer von Pomade war, daß es auf den Sofas und an den Wänden, an die Stioppa den Nacken lehnte, Flecken hinterließ.
Diese Besuche fanden donnerstags statt, und mein Vater lud uns zum Mittagessen ins Gasthaus Robin des Bois ein. Annie und die kleine Hélène waren nicht da. Mathilde blieb zu Hause. Nur Schneewittchen begleitete uns zum Essen. Und manchmal der Neffe von Frede.

Vorzeiten war mein Vater häufig im Gasthaus Robin des Bois gewesen. Bei einem unserer Essen sprach er mit Geza Pellmont darüber, und ich hörte der Unterhaltung zu.
– Erinnerst du dich? ... hatte Pellmont gesagt. Wir kamen mit Eliot Salter hierher...
– Das Schloß ist verfallen, hatte mein Vater gesagt.
Das Schloß befand sich am Ende der Rue du Docteur-Dordaine, gegenüber der Jeanne-d'Arc-Schule. An dem spaltbreit geöffneten Tor war ein halb verrottetes Holzschild befestigt, auf dem noch zu lesen war: »Beschlagnahmt von der amerikanischen Armee für den Brigadegeneral Franck Allen.« Donnerstags schlüpften wir zwischen den beiden Flügeln des Tors hindurch. In der Wiese mit dem hohen Gras sanken wir fast bis zur Taille ein. Im Hintergrund erhob sich ein Schloß im Louis-treize-Stil, dessen Fassade von zwei vorspringenden Pavillons flankiert war. Doch später habe ich erfahren, daß es

am Ende des 19. Jahrhunderts erbaut worden war. Wir ließen in der Wiese Drachen steigen, einen Drachen aus rotem und blauem Stoff in Form eines Flugzeugs. Wir hatten viel Mühe, ihn Höhe gewinnen zu lassen. Dort drüben, rechts vom Schloß, ein kiefernbepflanzter Hügel mit einer Steinbank, auf die sich Schneewittchen setzte … Sie las *Noir et Blanc* oder strickte, während wir auf die Äste der Kiefern kletterten. Doch meinem Bruder und mir wurde schwindlig, und nur Fredes Neffe erreichte den Gipfel der Bäume.

Später am Nachmittag folgten wir dem Pfad, der am Hügel begann, und tauchten in Begleitung von Schneewittchen in den Wald ein. Wir gingen bis zum Weiler Les Mets. Im Herbst sammelten wir Kastanien. Der Bäkker von Les Mets war der Vater meines Klassenkameraden, und jedesmal, wenn wir seinen Laden betraten, war die Schwester meines Freundes da, und ich bewunderte ihr lockiges blondes Haar, das ihr bis zu den

Knöcheln ging. Und dann kehrten wir auf demselben Weg zurück. In der Dämmerung wirkten die Fassade und die beiden vorspringenden Pavillons des Schlosses düster und ließen meinem Bruder und mir das Herz klopfen.

– Gehen wir das Schloß anschauen?
Das war von nun an der Satz, den mein Vater jedesmal am Ende des Mittagessens sagte. Und wie an den anderen Donnerstagen folgten wir der Rue du Docteur-Dordaine und schlüpften durch das spaltbreit geöffnete Tor auf die Wiese. Nur daß an jenen Tagen mein Vater und einer seiner Freunde – Badel, Gordine, Stioppa oder Robert Fly – uns begleiteten. Schneewittchen setzte sich auf die Bank am Fuß der Kiefern, an ihren gewohnten Platz. Mein Vater näherte sich dem Schloß, er betrachtete die Fassade und die hohen zugemauerten Fenster. Er stieß die Eingangstür auf, und wir drangen in eine Halle ein, deren Fliesenboden unter Schutt und welkem Laub verschwand. Im Hintergrund der Halle der Schacht eines Aufzugs.
– Ja, ich habe den Besitzer dieses Schlosses gekannt, sagte mein Vater.

Er sah wohl, daß mein Bruder und ich interessiert waren. Da erzählte er uns die Geschichte von Eliot Salter, Marquis de Caussade, der im Alter von zwanzig Jahren während des Ersten Weltkriegs ein Held der Luftwaffe gewesen sei. Dann habe er eine Argentinierin geheiratet und sei der König des Armagnac geworden. Armagnac – sagte mein Vater – ist ein Weinbrand, den Salter, Marquis de Caussade, herstellte und in sehr hübschen Flaschen gleich lastwagenweise verkaufte. Ich habe ihm geholfen, all die Lastwagen zu entladen, sagte mein Vater. Wir zählten von Mal zu Mal die Kisten. Er habe dieses Schloß gekauft. Am Ende des Krieges sei er mit seiner Frau verschwunden, doch er sei nicht tot und würde eines Tages wiederkommen.

Mein Vater hatte vorsichtig ein kleines Plakat abgerissen, das innen an der Eingangstür klebte. Und er hatte es mir gegeben. Noch heute kann ich ohne das geringste Zögern den Text hersagen:

Beschlagnahme rechtswidrigen Besitzes
am Dienstag, 23. Juli, um 14 Uhr.
Gelegen im Weiler Les Mets.
Herrliches Anwesen
mit Schloß und 300 Hektar Wald.

– Bewacht das Schloß gut, Kinder, sagte mein Vater. Der Marquis wird schneller zurückkommen, als wir denken …
Und bevor er in den Wagen des Freundes, der ihm an jenem Tag als Chauffeur diente, einstieg, grüßte er uns mit einer zerstreuten Hand, die wir durchs Fenster noch träge winken sahen, als der Wagen die Richtung nach Paris einschlug.

Mein Bruder und ich hatten beschlossen, das Schloß bei Nacht aufzusuchen. Wir mußten warten, bis alle im Haus schliefen. Mathildes Zimmer nahm das Erdgeschoß eines winzigen Gartenhäuschens hinten im Hof ein: keine Gefahr, daß sie uns überraschte. Das Zimmer der kleinen Hélène lag im ersten Stock, am anderen Ende des Flurs, und das von Schneewittchen neben unserem. Das Parkett im Flur knarrte ein bißchen, doch wären wir erst einmal die Treppe hinunter, hätten wir nichts mehr zu fürchten, und der Weg wäre frei. Wir wählten eine Nacht, in der Annie nicht da war – denn sie schlief sehr spät ein –, eine Nacht, in der sie im Carroll's weinte.

Wir hatten die Taschenlampe aus dem Küchenschrank genommen, eine Taschenlampe aus silbrigem Metall, die ein gelbes Licht verbreitete. Und wir zogen uns an. Wir behielten die Schlafanzugjacke unter dem Pullover an. Um wach zu bleiben, sprachen wir von Eliot Salter, Marquis de Caussade. Wir stellten abwechselnd die verschiedensten Vermutungen über ihn an. Für meinen Bruder kam er in den Nächten, in denen er das Schloß aufsuchte, mit dem letzten Zug aus Paris am Dorfbahnhof an, mit dem Zug um dreiundzwanzig Uhr dreißig, dessen rhythmisches Grollen wir vom Fenster unseres Zimmers aus hören konnten. Er zog keinerlei Aufmerksamkeit auf sich und vermied es, vor dem Tor des Schlosses einen Wagen zu parken, der verdächtig erschienen wäre. Zu Fuß, wie ein simpler Spaziergänger, kam er für eine Nacht in sein Anwesen.

Wir beide waren der Überzeugung: Eliot Salter, Marquis de Caussade, hielt sich in diesen Nächten in der Halle des Schlosses auf. Vor seiner Ankunft waren das welke Laub und der Schutt weggeräumt worden, und danach würden sie wieder verteilt werden, damit sein Aufenthalt keine Spur hinterließe. Und derjenige, der den Besuch seines Herrn derart vorbereitete, war der Jagdhüter von Les Mets. Er wohnte im Wald, zwischen dem Weiler und dem Rand des Flugplatzes von Villacoublay. Wir begegneten ihm oft im Verlauf unserer Spaziergänge mit Schneewittchen. Wir hatten den Sohn des Bäckers gefragt, wie dieser treue Diener heiße, der sein Geheimnis so gut hütete: Grosclaude.

Es war kein Zufall, daß Grosclaude da wohnte. Wir hatten in diesem Waldstück, das den Flugplatz säumte, eine ehemalige Landebahn mit einem großen Hangar entdeckt. Der Marquis benutzte diese Piste nachts, um zu einem fernen Ziel zu fliegen – einer Insel in der Südsee. Und Grosclaude brachte in jenen Nächten kleine Lichtsignale auf der Piste an, damit der Marquis ohne Schwierigkeiten landen konnte.

Der Marquis saß auf einem grünen Samtsessel vor dem massiven Kamin, in dem Grosclaude ein Feuer angezündet hatte. Hinter ihm war ein Tisch gedeckt: silberne Leuchter, Spitzen und Kristall. Mein Bruder und ich betraten die Halle. Sie war nur vom Feuer des Kamins und von den Flammen der Kerzen erhellt. Grosclaude sah uns als erster. Er kam auf uns zu in seinen Stiefeln und seiner Reithose.

– Was macht ihr hier?

Seine Stimme klang drohend. Er würde jedem von uns ein paar Ohrfeigen geben und uns hinaussetzen. Es war besser, sich beim Betreten der Halle so schnell wie möglich an den Marquis de Caussade zu wenden und mit ihm zu sprechen. Und wir wollten uns vorher zurechtlegen, was wir ihm sagen würden.

– Wir kommen Sie besuchen, weil Sie ein Freund meines Vaters sind.

Ich würde diesen ersten Satz sprechen. Sodann würden wir nacheinander zu ihm sagen:

– Guten Abend, Monsieur le Marquis.

Und ich würde hinzufügen:

– Wir wissen, daß Sie der König des Armagnac sind.
Ein Detail machte mir jedoch große Sorgen: der Augenblick, in dem der Marquis Eliot Salter de Caussade uns sein Gesicht zuwenden würde. Mein Vater hatte uns erzählt, daß er sich im Verlauf eines Luftgefechts im Ersten Weltkrieg das Gesicht verbrannt hatte und daß er diese Verbrennung verbarg, indem er seine Haut mit ockerfarbener Schminke bedeckte. Dieses Gesicht mußte bei der Helligkeit der Kerzen und des Holzfeuers in der Halle beunruhigend sein. Aber ich würde endlich sehen, was ich hinter dem Lächeln und den hellen Augen Annies zu sehen versuchte: einen Feuerkopf.

Auf Zehenspitzen, die Schuhe in der Hand, waren wir die Treppe hinuntergegangen. Der Küchenwecker zeigte elf Uhr fünfundzwanzig. Wir hatten die Eingangstür des Hauses und die kleine Gartentür zur Rue du

Docteur-Dordaine leise wieder zugemacht. Auf der Bordsteinkante sitzend, schnürten wir unsere Schuhe. Das Grollen des Zugs kam näher. In ein paar Minuten würde er in den Bahnhof einlaufen, und er würde nur einen einzigen Reisenden auf dem Bahnsteig zurücklassen: Eliot Salter, Marquis de Caussade und König des Armagnac.

Wir wählten Nächte, in denen der Himmel hell war und die Sterne und eine Mondsichel leuchteten. Nachdem wir die Schuhe zugebunden und die Taschenlampe zwischen Pullover und Jacke versteckt hatten, mußten wir jetzt bis zum Schloß marschieren. Die menschenleere Straße im Mondlicht, die Stille und das Gefühl, das uns ergriff, das Haus für immer verlassen zu haben, ließen uns nach und nach langsamer werden. Nach etwa fünfzig Metern kehrten wir um.

Jetzt schnürten wir unsere Schuhe auf und machten die Haustür wieder zu. Der Küchenwecker zeigte zwanzig Minuten vor Mitternacht. Ich räumte die Taschenlampe

in den Schrank, und wir stiegen auf Zehenspitzen die Treppe hinauf.
Im Schutz unserer Doppelbetten empfanden wir eine gewisse Erleichterung. Wir sprachen leise über den Marquis, und jeder von uns fand ein neues Detail. Mitternacht war vorüber, und dort drüben in der Halle servierte Grosclaude ihm das Abendessen. Das nächste Mal würden wir, bevor wir kehrtmachten, die Rue du Docteur-Dordaine ein bißchen weiter gehen als in dieser Nacht. Wir würden bis zur Schule der Ordensschwestern gehen. Und das nächste Mal noch weiter, bis zum Bauernhof und zum Friseurgeschäft. Und das nächste Mal noch weiter. Jede Nacht ein neuer Abschnitt. Es wären nur noch ein paar Dutzend Meter zu überwinden, und wir würden vor dem Tor des Schlosses ankommen. Das nächste Mal... Schließlich schliefen wir ein.

Sehr schnell hatte ich bemerkt, daß Annie und die kleine Hélène zu Hause Leute empfingen, die ebenso geheimnisvoll und des Interesses würdig waren wie Eliot Salter, Marquis de Caussade.
War es Annie, die freundschaftliche Bande zu ihnen unterhielt? Oder die kleine Hélène? Beide, glaube ich. Mathilde aber wahrte eine Art Zurückhaltung in ihrer Gegenwart, und oft zog sie sich in ihr Zimmer zurück. Vielleicht schüchterten diese Leute sie ein, oder sie empfand keine Sympathie für sie.
Ich versuche heute, all die Gesichter aufzuzählen, die ich am Eingang und im Salon gesehen habe – die meisten, ohne sie identifizieren zu können. Sei's drum. Wenn ich diesem Dutzend Gesichtern, die in meiner Erinnerung vorüberziehen, einen Namen gäbe, würde ich einige heute noch lebende Personen in Verlegenheit bringen. Sie wür-

den sich ihres schlechten Umgangs erinnern.
Diejenigen, deren Bild am deutlichsten bleibt, sind Roger Vincent, Jean D. und Andrée K., von der es hieß, sie sei »die Frau eines berühmten Doktors«. Sie kamen zwei- oder dreimal die Woche zu uns. Sie gingen mit Annie und der kleinen Hélène zum Mittagessen ins Gasthaus Robin des Bois, und danach blieben sie noch einen Augenblick im Salon. Oder sie aßen bei uns zu Abend.
Manchmal kam Jean D. allein. Annie hatte ihn in ihrem 4 CV aus Paris mitgebracht. Er war es, der am vertrautesten mit Annie schien und sie zweifellos mit den beiden anderen bekannt gemacht hatte. Jean D. und Annie waren gleich alt. Wenn Jean D. uns in Begleitung von Roger Vincent besuchte, dann immer mit Roger Vincents amerikanischem Kabriolett. Ab und zu begleitete sie Andrée K., und sie saß auf dem Vordersitz des amerikanischen Wagens neben Roger Vincent, Jean D. auf der Rückbank. Roger

Vincent mußte damals ungefähr fünfundvierzig Jahre alt sein und Andrée K. fünfunddreißig.

Ich erinnere mich an das erste Mal, als wir den amerikanischen Wagen von Roger Vincent vor dem Haus stehen sahen. Es war am späten Vormittag, nach der Schule. Ich war noch nicht von der Jeanne-d'Arc-Schule verwiesen worden. Von weitem hatte uns dieses riesige Kabriolett, dessen beige Karosserie und rote Ledersitze in der Sonne glänzten, ebensosehr überrascht, als hätten wir uns an einer Straßenbiegung vor dem Marquis de Caussade befunden. Übrigens hatten wir in diesem Augenblick den gleichen Gedanken gehabt, wie wir uns später anvertrauen sollten: dieser Wagen gehörte dem Marquis de Caussade, der nach all seinen Abenteuern wieder zurück im Dorf war und den mein Vater gebeten hatte, uns zu besuchen.

Ich sagte zu Schneewittchen:

– Wem gehört der Wagen?

– Einem Freund deiner Patin.
Sie nannte Annie immer »deine Patin«, und es traf in der Tat zu, daß wir ein Jahr zuvor in der Kirche Saint-Martin de Biarritz getauft worden waren und daß meine Mutter Annie aufgetragen hatte, die Patenschaft für mich zu übernehmen.
Als wir ins Haus kamen, war die Salontür offen, und Roger Vincent saß auf dem Sofa vor dem *bow window*.
– Kommt und sagt guten Tag, sagte die kleine Hélène.
Sie hatte drei Gläser gefüllt und verschloß eine der Likörkaraffen mit dem Emailschild.
Annie redete am Telefon.
Roger Vincent stand auf. Er kam mir sehr groß vor. Er trug einen Glencheckanzug. Sein Haar war weiß, gut frisiert und zurückgekämmt, doch er sah nicht alt aus. Er neigte sich vor. Er lächelte uns zu.
– Guten Tag, Kinder...
Er gab uns nacheinander die Hand. Ich hatte meine Schultasche abgestellt, um ihm die

Hand zu geben. Ich trug meinen grauen Kittel.

– Kommst du aus der Schule?

Ich sagte:

– Ja.

– Geht's gut in der Schule?

– Ja.

Annie hatte den Telefonhörer aufgelegt und sich zu uns gesellt mit der kleinen Hélène, die das Likörtablett auf den niedrigen Tisch vor das Sofa stellte. Sie reichte Roger Vincent ein Glas.

– Patoche und sein Bruder wohnen hier, sagte Annie.

Alsdann, auf das Wohl von Patoche und seinem Bruder, sagte Roger Vincent, als er sein Glas erhob, mit einem breiten Lächeln.

Dieses Lächeln bleibt in meiner Erinnerung als das Hauptmerkmal von Roger Vincent: es umspielte immer seine Lippen. Roger Vincent schwamm in diesem Lächeln, das nicht jovial war, sondern zurückhaltend, träumerisch und ihn umhüllte wie ein sehr leichter Nebel. Es war etwas Gedämpftes in diesem Lächeln, in seiner Stimme und seinem Gang. Roger Vincent machte nie Lärm. Man hörte ihn nicht kommen, und wenn man sich umdrehte, stand er hinter einem. Vom Fenster unseres Zimmers aus sahen wir ihn manchmal am Steuer seines amerikanischen Wagens kommen. Der Wagen hielt vor dem Haus wie ein Boot mit ausgeschaltetem Motor, das von der Brandung getragen wird und unmerklich am Ufer anlegt. Roger Vincent stieg mit langsamen Bewegungen aus, sein Lächeln auf den Lippen. Er knallte nie die Tür zu, er schloß sie vorsichtig.

An diesem Tag waren sie nach dem Mittagessen, das wir mit Schneewittchen in der Küche einnahmen, noch im Salon. Mathilde kümmerte sich um den Rosenstock, den sie auf der ersten Terrasse des Gartens

beim Grab von Doktor Guillotin gepflanzt hatte.
Ich hielt meine Schultasche in der Hand, und Schneewittchen wollte mich zum Nachmittagsunterricht in die Jeanne-d'Arc-Schule begleiten, als Annie, die im Türrahmen des Salons erschienen war, zu mir sagte:
– Lern schön, Patoche ...
Hinter ihr sah ich die kleine Hélène und Roger Vincent, der sein unveränderliches Lächeln lächelte. Gewiß waren sie im Begriff, das Haus zu verlassen, um im Gasthaus Robin des Bois zu essen.
– Gehst du zu Fuß in die Schule? fragte mich Roger Vincent.
– Ja.
Selbst wenn er redete, lächelte er.
– Ich bringe dich im Wagen hin, wenn du willst ...
– Hast du den Wagen von Roger Vincent gesehen? fragte mich Annie.
– Ja.
Sie nannte ihn immer mit respektvoller Zu-

neigung »Roger Vincent«, als dürften sein Name und sein Vorname nicht getrennt werden. Ich hörte sie am Telefon sagen: »Hallo, Roger Vincent ... Guten Tag, Roger Vincent ...« Sie siezte ihn. Sie und Jean D. bewunderten ihn sehr. Jean D. nannte ihn auch »Roger Vincent«. Annie und Jean D. redeten zusammen über ihn, und sie schienen sich »Geschichten von Roger Vincent« zu erzählen, wie man sich alte Legenden erzählt. Andrée K., »die Frau des berühmten Doktors«, nannte ihn ganz einfach Roger, und sie duzte ihn.

– Würde es dir Spaß machen, wenn ich dich mit diesem Wagen zur Schule brächte? fragte mich Roger Vincent.

Er hatte erraten, was wir wollten, mein Bruder und ich. Wir setzten uns beide auf den Vordersitz, neben ihn.

Er vollführte eine großartige Rückwärtswende in die leicht abschüssige Allee, und der Wagen folgte der Rue du Docteur-Dordaine.

Wir glitten über ein stehendes Gewässer. Ich hörte kein Motorgeräusch. Es war das erste Mal, daß mein Bruder und ich in einem Kabriolett saßen. Und er war so groß, dieser Wagen, daß er die ganze Breite der Straße einnahm.

– Da ist meine Schule …

Er hielt an, und mit ausgestrecktem Arm öffnete er mir selbst den Schlag, damit ich aussteigen konnte.

– Mach's gut, Patoche.

Ich war stolz, daß er mich »Patoche« nannte, als kennte er mich schon lange. Mein Bruder saß jetzt ganz allein neben ihm, und er wirkte auf diesem großen roten Ledersitz noch kleiner. Ich drehte mich um, bevor ich den Hof der Jeanne-d'Arc-Schule betrat. Roger Vincent winkte mir zu. Und er lächelte.

Jean D. hatte kein amerikanisches Kabriolett, aber eine dicke Uhr, auf deren Zifferblatt man die Sekunden, die Minuten, die Stunden, die Tage, die Monate und die Jahre ablas. Er erklärte uns den komplizierten Mechanismus dieser Uhr mit den vielen Knöpfen. Er war viel vertraulicher mit uns als Roger Vincent. Und jünger.
Er trug eine Wildlederjacke, sportliche Rollkragenpullover, Schuhe mit Kreppsohlen ... Auch er war groß und schlank. Schwarzes Haar und ein Gesicht mit regelmäßigen Zügen. Wenn seine braunen Augen auf uns ruhten, erhellte eine Mischung aus Boshaftigkeit und Traurigkeit seinen Blick. Er riß die Augen auf, als staune er über alles. Ich beneidete ihn um seinen Haarschnitt: ein langer Bürstenschnitt, während mir der Friseur alle vierzehn Tage einen so kurzen Bürstenschnitt machte, daß es stach, wenn ich

mit der Hand auf den Schädel faßte und an den Ohren entlangfuhr. Doch ich hatte nichts zu sagen. Der Friseur nahm die Haarschneidemaschine, ohne mich nach der Meinung zu fragen.
Jean D. kam öfter zu uns als die anderen. Annie brachte ihn in ihrem 4 CV mit. Er aß mit uns zu Mittag und setzte sich am großen Tisch des Eßzimmers neben Annie. Mathilde nannte ihn »meinen kleinen Jean«, und sie zeigte ihm gegenüber nicht diese Zurückhaltung, die sie den anderen Besuchern entgegenbrachte. Er nannte die kleine Hélène »Linou« – wie Mathilde sie nannte. Er sagte immer zu ihr: »Na, wie geht's, Linou?« – und mich nannte er »Patoche«, wie Annie.
Er borgte meinem Bruder und mir seine Uhr. Wir konnten sie abwechselnd eine Woche lang tragen. Das Lederarmband war zu weit, und er stach ein Loch hinein, daß sie uns fest am Handgelenk saß. Ich trug diese Uhr in der Jeanne-d'Arc-Schule, und ich zeigte sie meinen Klassenkameraden, die

mich an diesem Tag im Schulhof umringten. Vielleicht hat die Direktorin diese riesige Uhr an meinem Handgelenk bemerkt und mich von ihrem Fenster aus im amerikanischen Wagen von Roger Vincent gesehen ... Da hat sie gedacht, daß es damit nun reiche und daß mein Platz nicht in der Jeanne-d'Arc-Schule sei.

– Was für Bücher liest du? fragte mich eines Tages Jean D.

Sie tranken nach dem Mittagessen alle den Kaffee im Salon: Annie, Mathilde, die kleine Hélène und Schneewittchen. Es war ein Donnerstag. Wir warteten auf Frede, die mit ihrem Neffen kommen sollte. Mein Bruder und ich hatten beschlossen, an diesem Nachmittag in die Halle des Schlosses zu gehen, wie wir es schon mit meinem Vater getan hatten. Die Anwesenheit von Fredes Neffen an unserer Seite würde uns Mut machen, das Abenteuer zu versuchen.

– Patoche liest viel, antwortete Annie. Nicht wahr, Schneewittchen?
– Er liest viel zuviel für sein Alter, sagte Schneewittchen.
Mein Bruder und ich hatten ein Stück Zucker in Annies Kaffeetasse getunkt und es zerbissen, so wie es sich gehörte bei einem Canard. Nachher, wenn sie ihren Kaffee getrunken hätten, würde Mathilde ihnen aus den leeren Tassen die Zukunft lesen, aus dem »Kaffeesatz«, sagte sie.
– Aber was liest du denn? fragte Jean D.
Ich nannte ihm aus der ›grünen Bibliothek‹: Jules Verne, *Der letzte Mohikaner* …, doch ich bevorzugte *Die drei Musketiere* wegen der Lilie auf Myladys Schulter.
– Du solltest die »Schwarze Reihe« lesen, sagte Jean D.
– Du bist verrückt, Jean …, sagte Annie lachend. Patoche ist noch zu jung für die »Schwarze Reihe« …
– Er hat noch Zeit genug, die »Schwarze Reihe« zu lesen, sagte die kleine Hélène.

Anscheinend kannten weder Mathilde noch Schneewittchen die Bedeutung des Wortes »Schwarze Reihe«. Sie schwiegen.
Ein paar Tage später kam er in Annies 4CV wieder. Es regnete an jenem Spätnachmittag, und Jean D. trug eine pelzgefütterte Jacke. Mein Bruder und ich saßen am Tisch im Eßzimmer und hörten eine Radiosendung, und als wir ihn mit Annie eintreten sahen, standen wir auf, um ihm guten Tag zu sagen.
– Hier, sagte Jean D., ich habe dir etwas aus der »Schwarzen Reihe« mitgebracht ...
Er holte ein gelb-schwarzes Buch aus seiner Jackentasche und reichte es mir.
– Kümmere dich nicht darum, Patoche, sagte Annie. Das ist ein Scherz ... Das ist kein Buch für dich ...
Jean D. sah mich mit seinen etwas aufgerissenen Augen, seinem weichen, traurigen Blick an. Zeitweilig hatte ich den Eindruck, daß er ein Kind sei, wie wir. Annie sprach oft im gleichen Ton mit ihm, in dem sie auch mit uns sprach.

– Doch, doch, sagte Jean D. Ich bin sicher, daß dich das Buch interessieren wird.
Ich nahm es, um ihm nicht weh zu tun, und noch heute, jedesmal, wenn ich auf einen dieser gelb-schwarzen kartonierten Buchdeckel stoße, höre ich wieder eine tiefe, etwas schleppende Stimme, die Stimme Jean D.s, der meinem Bruder und mir abends den Titel des Buches wiederholte, das er mir gegeben hatte: *Touchez pas au grisbi.*

War es am selben Tag? Es regnete. Wir hatten Schneewittchen zum Zeitungshändler begleitet, weil sie Umschläge und Briefpapier kaufen wollte. Als wir aus dem Haus traten, saßen Annie und Jean D. beide in dem vor der Tür geparkten 4 CV. Sie redeten, und sie waren so vertieft in ihre Unterhaltung, daß sie uns nicht sahen. Und dennoch winkte ich ihnen zu. Jean D. hatte den Kragen seiner Pelzjacke hochgeschlagen. Bei unserer Rückkehr saßen sie immer noch im

4CV. Ich beugte mich vor, aber sie sahen mich nicht einmal an. Sie redeten und machten sorgenvolle Gesichter.
Die kleine Hélène legte auf dem Eßzimmertisch eine Patience und hörte Radio. Mathilde mußte in ihrem Zimmer sein. Mein Bruder und ich gingen in unseres hinauf. Ich betrachtete durchs Fenster den 4CV im Regen. Sie blieben darin und redeten bis zur Abendessenszeit. Welche Geheimnisse mochten sie sich wohl sagen?

Roger Vincent und Jean D. kamen oft zu uns zum Abendessen mit Andrée K. Andere Gäste kamen nach dem Essen. Sie blieben in jenen Nächten alle sehr lange im Salon. In unserem Zimmer hörten wir Stimmen und Gelächter. Und Telefonläuten. Und die Türklingel. Wir aßen um halb acht Uhr mit Schneewittchen in der Küche. Der Tisch im Eßzimmer war schon für Roger Vincent, Jean D., Andrée K., Annie, Mathilde und die kleine Hélène gedeckt. Die kleine Hélène kochte für sie, und sie sagten alle, sie sei »eine wahre Spitzenköchin«.
Bevor wir nach oben schlafen gingen, sagten wir ihnen im Salon guten Abend. Wir waren in Schlafanzug und Morgenmantel – zwei Morgenmäntel aus Schottenstoff, die Annie uns geschenkt hatte.
Die anderen würden im Lauf des Abends dazukommen. Ich konnte nicht umhin, sie

durch die Ritzen der Jalousien unseres Zimmers zu beobachten, wenn Schneewittchen das Licht gelöscht und uns gute Nacht gewünscht hatte. Sie kamen nacheinander und klingelten an der Tür. Im hellen Licht der Straßenlampe sah ich ihre Gesichter gut. Manche haben sich für immer in mein Gedächtnis eingeprägt. Und ich wundere mich, daß die Polizei mich nicht ausgefragt hat: Kinder können doch sehen. Und sie hören auch zu.

– Ihr habt sehr schöne Morgenmäntel, sagte Roger Vincent.
Und er lächelte.
Zuerst gaben wir Andrée K. die Hand, sie saß immer auf dem Sessel mit dem geblümten Bezug, beim Telefon. Sie wurde angerufen, während sie im Haus war. Die kleine Hélène, die den Hörer abnahm, sagte:
– Andrée, es ist für dich ...
Andrée K. reichte uns mit einer ungezwun-

genen Bewegung die Hand. Sie lächelte auch, doch ihr Lächeln dauerte nicht so lange wie das von Roger Vincent.
– Gute Nacht, Kinder.
Sie hatte ein sommersprossiges Gesicht, vorstehende Backenknochen, grüne Augen, hellbraunes, zum Pony frisiertes Haar. Sie rauchte viel.
Wir gaben Roger Vincent die Hand, der immer noch lächelte. Dann Jean D. Wir küßten Annie und die kleine Hélène. Bevor wir mit Schneewittchen den Salon verließen, machte uns Roger Vincent noch Komplimente über die Eleganz unserer Morgenmäntel.
Wir standen unten an der Treppe, und Jean D. steckte den Kopf durch die angelehnte Salontür:
– Schlaft gut.
Er sah uns mit seinen zärtlichen, ein wenig aufgerissenen Augen an. Er blinzelte uns zu und sagte mit leiserer Stimme, als handele es sich um ein Geheimnis zwischen uns:
– Touchez pas au grisbi.

Eines Donnerstags hatte Schneewittchen frei genommen. Sie wollte jemanden von ihrer Familie in Paris besuchen und war nach dem Mittagessen mit Annie und Mathilde im 4 CV weggefahren. Wir waren allein geblieben, unter der Aufsicht der kleinen Hélène. Wir spielten im Garten und bauten ein Stoffzelt auf, das mir Annie zum letzten Geburtstag geschenkt hatte. Mitten am Nachmittag kam Roger Vincent, allein. Er und die kleine Hélène redeten auf dem Hof des Hauses miteinander, doch ich hörte ihre Unterhaltung nicht. Die kleine Hélène sagte uns, sie müßten eine Besorgung in Versailles machen, und bat uns, sie zu begleiten.

Wir waren glücklich, erneut in den amerikanischen Wagen von Roger Vincent steigen zu dürfen. Es war im April, während der Osterferien. Die kleine Hélène setzte sich nach vorn. Sie trug die Reithose und die

Cowboyjacke. Mein Bruder und ich saßen auf der großen Rückbank, und unsere Füße berührten den Boden des Wagens nicht.
Roger Vincent fuhr langsam. Er drehte sich mit seinem Lächeln zu uns um:
– Möchtet ihr, daß ich das Radio anstelle?
Das Radio? Man konnte in diesem Wagen also Radio hören? Er drückte auf einen elfenbeinernen Knopf auf dem Armaturenbrett, und sogleich hörten wir Musik.
– Lauter oder leiser, Kinder? fragte er uns.
Wir wagten nicht zu antworten. Wir lauschten der Musik, die aus dem Armaturenbrett kam. Und dann begann eine Frau mit heiserer Stimme zu singen.
– Das ist Edith, die da singt, Kinder, sagte Roger Vincent. Das ist eine Freundin ...
Er fragte die kleine Hélène:
– Siehst du Edith noch?
– Ab und zu, sagte die kleine Hélène.
Wir folgten einer großen Allee und kamen nach Versailles. Der Wagen blieb an einer Ampel stehen, und wir bewunderten auf ei-

nem Rasen zu unserer Linken eine Uhr, deren Ziffern Blumenbeete waren.

– Ein andermal, sagte die kleine Hélène zu uns, werde ich mit euch das Schloß besichtigen.

Sie bat Roger Vincent, vor einem Geschäft stehenzubleiben, wo alte Möbel verkauft wurden.

– Ihr, Kinder, ihr bleibt im Wagen, sagte Roger Vincent. Paßt gut auf den Wagen auf ...

Wir waren stolz, einen so wichtigen Auftrag zu erfüllen, und beobachteten das Kommen und Gehen der Passanten auf dem Trottoir. Hinter der Fensterscheibe des Geschäfts sprachen Roger Vincent und die kleine Hélène mit einem brünetten Mann, der einen Regenmantel und einen Schnurrbart trug. Sie redeten sehr lange. Sie hatten uns vergessen.

Sie traten aus dem Geschäft. Roger Vincent hielt einen Lederkoffer in der Hand und verstaute ihn im Kofferraum. Er setzte sich ans

Steuer und die kleine Hélène neben ihn. Er drehte sich zu mir um:
– Keine besonderen Vorkommnisse?
– Nein … keine …, sagte ich.
– Na, um so besser, sagte Roger Vincent.

Auf dem Rückweg folgten wir in Versailles einer Allee, an deren Ende sich eine Backsteinkirche erhob. Ein paar Jahrmarktsbuden standen auf dem Platz um eine glitzernde Autoskooterbahn. Roger Vincent parkte neben dem Trottoir.
– Fahren wir mit ihnen eine Runde Autoskooter? sagte er zur kleinen Hélène.
Wir warteten alle vier am Rand der Bahn. Aus Lautsprechern dröhnte Musik. Nur drei Autos waren von Kunden besetzt, zwei davon jagten das dritte und stießen mit Geschrei und Gelächter gleichzeitig von beiden Seiten dagegen. Die Stromabnehmer hinterließen Funkenstreifen an der Decke der Bahn. Doch was mich am meisten fesselte,

war die Farbe der Autos: Türkis, Hellgrün, Gelb, Violett, Knallrot, Mauve, Rosa, Dunkelblau ... Sie blieben stehen, und die Insassen verließen die Bahn. Mein Bruder stieg mit Roger Vincent in ein gelbes Auto und ich mit der kleinen Hélène in ein türkisfarbenes.

Wir waren die einzigen auf der Bahn und stießen uns nicht an. Roger Vincent und die kleine Hélène lenkten. Wir fuhren einmal rund um die Bahn, und die kleine Hélène und ich folgten dem Auto von Roger Vincent und meinem Bruder. Wir glitten im Zickzack zwischen den anderen leer auf der Bahn stehenden Autos dahin. Die Musik wurde leiser, und der Mann, der uns die Karten gegeben hatte, schaute uns vom Rand der Bahn traurig zu, als wären wir die letzten Kunden.

Es war fast dunkel. Wir hielten am Rand der Bahn an. Ich betrachtete noch einmal all diese Autos in den lebhaften Farben. Nach dem Schlafengehen sprachen mein Bruder und ich in unserem Zimmer darüber. Wir hatten beschlossen, am nächsten Tag im Hof mit den alten Brettern aus dem Schuppen eine Bahn aufzubauen. Es würde natürlich schwierig sein, uns einen Autoskooter zu beschaffen, aber vielleicht waren alte, ausrangierte zu finden. Vor allem die Farbe interessierte uns: ich schwankte zwischen Mauve und Türkis; mein Bruder hatte eine Vorliebe für das sehr helle Grün.

Die Luft war lau, und Roger Vincent hatte das Verdeck des Wagens nicht zugemacht. Er redete mit der kleinen Hélène, und ich dachte zu sehr an diese Autoskooter, die wir entdeckt hatten, um ihrer Erwachsenenunterhaltung zuzuhören. Wir fuhren am Flugplatz vorbei, und bald würden wir nach links abbiegen und der abschüssigen Straße folgen, die zum Dorf führte. Sie erhoben die Stimmen. Sie stritten sich nicht, sie sprachen ganz einfach über Andrée K.

– Doch, doch ..., sagte Roger Vincent. Andrée verkehrte mit der Bande von der Rue Lauriston ...

»Andrée verkehrte mit der Bande von der Rue Lauriston.« Dieser Satz hatte mich überrascht. Auch wir in der Schule bildeten eine Bande: der Sohn des Blumenhändlers, der Sohn des Friseurs und zwei oder drei andere, an die ich mich nicht mehr erinnere und die alle in derselben Straße wohnten. Man nannte uns »die Bande von der Rue du Docteur-Dordaine«. Andrée K. hatte zu einer Bande gehört, wie wir, aber in einer anderen Straße. Diese Frau, die meinen Bruder und mich einschüchterte mit ihrem Pony, ihren Sommersprossen, ihren grünen Augen, ihren Zigaretten und ihren geheimnisvollen Telefonanrufen, sie schien uns plötzlich näher. Es sah so aus, als würden Roger Vincent und die kleine Hélène diese »Bande von der Rue Lauriston« auch gut kennen. In der Folge schnappte ich diesen Namen wieder auf, wenn sie sich unterhielten, und ich gewöhnte mich an seinen Klang. Einige Jahre später vernahm ich ihn aus dem Mund meines Vaters, doch ich wußte nicht, daß mich »die Bande von der Rue Lauriston« so lange verfolgen würde.

Als wir in der Rue du Docteur Dordaine ankamen, war Annies 4 CV da. Hinter ihm stand ein dickes Motorrad. Im Hausflur sagte uns Jean D., daß dieses Motorrad ihm gehöre und daß er an diesem Abend mit ihm von Paris hierhergekommen sei. Er hatte seine Pelzjacke noch nicht ausgezogen. Er versprach uns, daß er uns nacheinander auf seinem Motorrad mitnehmen würde, doch an diesem Abend war es zu spät. Schneewittchen würde morgen früh wiederkommen. Mathilde war schlafen gegangen, und Annie bat uns, einen Augenblick in unser Zimmer hinaufzugehen, denn sie müßten miteinander sprechen. Roger Vincent betrat den Salon, den Lederkoffer in der Hand. Die kleine

Hélène, Annie und Jean D. folgten ihm, und sie schlossen die Tür hinter sich. Ich hatte ihnen oben von der Treppe aus zugesehen. Was mochten sie sich wohl sagen im Salon? Ich hörte das Telefon läuten.
Nach einer gewissen Zeit rief uns Annie. Wir aßen alle zusammen am Eßzimmertisch zu Abend: Annie, die kleine Hélène, Jean D., Roger Vincent und wir beide. An jenem Abend trugen wir beim Essen nicht wie üblich unsere Morgenmäntel, sondern wir waren angezogen. Die kleine Hélène bereitete das Essen zu, denn sie war eine wahre Spitzenköchin.

Wir sind viel länger als ein Jahr in der Rue du Docteur-Dordaine geblieben. In meiner Erinnerung folgen einander die Jahreszeiten. Im Winter sind wir zur Mitternachtsmesse in der Dorfkirche Chorknaben gewesen. Annie, die kleine Hélène und Mathilde nahmen an der Messe teil. Schneewittchen verbrachte Weihnachten bei ihrer Familie. Als wir zurückkamen, war Roger Vincent zu Hause, und er sagte uns, daß im Salon jemand auf uns warte. Mein Bruder und ich gingen hinein, und wir sahen den Weihnachtsmann auf dem Sessel mit dem geblümten Bezug neben dem Telefon sitzen. Er sagte nichts. Er reichte jedem von uns schweigend in Silberpapier eingeschlagene Päckchen. Doch wir hatten keine Zeit, sie auszupacken. Er stand auf und bedeutete uns, ihm zu folgen. Er und Roger Vincent führten uns bis zur Glastür, die auf den Hof ging. Roger Vincent

machte die Lampe im Hof an. Auf den Holzbrettern, die wir nebeneinandergelegt hatten, stand ein Autoskooter von hellgrüner Farbe – wie mein Bruder sie liebte. Dann aßen wir mit ihnen zu Abend. Jean D. gesellte sich zu uns. Er war genauso groß und hatte die gleichen Gebärden wie der Weihnachtsmann. Und die gleiche Uhr.
Der Schnee im Schulhof. Und die Märzschauer. Ich hatte entdeckt, daß es jeden zweiten Tag regnete, und konnte das Wetter vorhersehen. Es stimmte immer. Wir gingen zum erstenmal in unserem Leben ins Kino. Mit Schneewittchen. Es war ein Film von Laurel und Hardy. Die Apfelbäume im Garten blühten. Wieder begleitete ich die Bande von der Rue du Docteur-Dordaine bis zur Mühle, deren großes Rad sich noch drehte. Vor dem Schloß ließen wir wieder Drachen steigen. Mein Bruder und ich hatten keine Angst mehr, die Halle zu betreten und zwischen Schutt und trockenem Laub umherzugehen. Wir richteten uns ganz hinten, im

Aufzug, ein, einem Aufzug mit zwei vergitterten Türflügeln, heller Holztäfelung und einer roten Lederbank. Er hatte keine Decke, und das Licht kam von oben aus dem Schacht, durch das noch intakte Glasdach. Wir drückten auf die Knöpfe und taten so, als führen wir hinauf in die Stockwerke, wo uns vielleicht der Marquis Eliot Salter de Caussade erwartete.
Doch in jenem Jahr wurde er im Dorf nicht gesehen. Es war sehr heiß. Die Fliegen blieben an dem Leimpapier hängen, mit dem die Küchenwand bespannt war. Wir organisierten mit Schneewittchen und Fredes Neffen ein Picknick im Wald. Was wir am liebsten taten, mein Bruder und ich, war zu versuchen, den Autoskooter über die alten Bretter gleiten zu lassen – diesen Autoskooter, von dem wir später erfuhren, daß die kleine Hélène ihn dank ihrer Freunde auf einem Jahrmarkt gefunden hatte.
Am 14. Juli lud Roger Vincent uns zum Abendessen ins Gasthaus Robin des Bois

ein. Er war mit Jean D. und Andrée K. aus Paris gekommen. Wir besetzten einen Tisch im Garten des Gasthauses, ein mit Bosketten und Statuen geschmückter Garten. Alle waren da: Annie, die kleine Hélène, Schneewittchen und sogar Mathilde. Annie trug ihr hellblaues Kleid und den breiten schwarzen Gürtel, der sie in der Taille stark einschnürte. Ich saß neben Andrée K. und hatte Lust, ihr Fragen über die Bande zu stellen, mit der sie verkehrt hatte, die Bande von der Rue Lauriston. Doch ich traute mich nicht.

Und der Herbst ... Wir gingen mit Schneewittchen Kastanien im Wald sammeln. Wir hatten keine Nachricht mehr von unseren Eltern. Die letzte Postkarte unserer Mutter war eine Luftaufnahme der Stadt Tunis. Unser Vater hatte uns aus Brazzaville geschrieben. Dann aus Bangui. Und dann nichts mehr. Die Schule fing wieder an. Nach dem Turnen ließ uns der Lehrer die trockenen Blätter im Schulhof zusammenrechen. Zu Hause im Hof ließen wir sie einfach fallen, ohne sie zusammenzurechen, und sie nahmen eine rostige Farbe an, die sich vom Hellgrün des Autoskooters abhob. Der schien für alle Zeiten mitten auf einer Piste welken Laubs festzustecken. Mein Bruder und ich setzten uns in den Autoskooter, und ich stemmte mich gegen das Lenkrad. Morgen würden wir ein System entdecken, um ihn zum Gleiten zu bringen. Morgen ... Immer morgen, wie diese ständig aufgeschobenen nächtlichen Besuche im Schloß des Marquis de Caussade.

Es gab erneut Stromausfall, und wir machten beim Abendessen mit einer Petroleumlampe Licht. Am Samstagabend zündeten Mathilde und Schneewittchen im Kamin des Eßzimmers ein Feuer an und ließen uns Radio hören. Manchmal hörten wir Edith singen, die Freundin von Roger Vincent und der kleinen Hélène. Abends, bevor ich einschlief, blätterte ich im Album der kleinen Hélène, wo sie abgebildet war, sie und ihre Arbeitskollegen. Zwei von ihnen beeindruckten mich:

der Amerikaner Chester Kingston mit Gliedern, die geschmeidig waren wie Gummi und die er dermaßen verrenken konnte, daß man ihn den »Puzzle-Mann« nannte. Und Alfredo Codona, der Trapezkünstler, von dem uns die kleine Hélène oft erzählte und der sie das Handwerk gelehrt hatte. Diese Welt des Zirkus und des Varietés war die einzige, in der mein Bruder und ich später leben wollten, vielleicht weil unsere Mutter uns, als wir klein waren, in die Garderoben und hinter die Kulissen des Theaters mitgenommen hatte.

Die anderen kamen immer noch ins Haus. Roger Vincent, Jean D., Andrée K. ... Und jene, die abends an der Tür läuteten und deren von der Lampe über dem Eingang erhellte Gesichter ich durch die Ritzen der Fensterläden erspähte. Stimmen, Lachen und Telefonläuten. Und Annie und Jean D. im 4 CV im Regen.

Im Lauf der folgenden Jahre habe ich sie nie mehr wiedergesehen, außer einmal Jean D. Ich war zwanzig Jahre alt. Ich bewohnte ein Zimmer in der Rue Coustou, in der Nähe der Place Blanche. Ich versuchte ein erstes Buch zu schreiben. Ein Freund hatte mich zum Essen in ein Restaurant des Viertels eingeladen. Als ich hinkam, war er von zwei Gästen umgeben: Jean D. und einem Mädchen, das ihn begleitete.

Jean D. war kaum gealtert. Ein paar graue Haare an den Schläfen, aber immer noch der lange Bürstenschnitt. Winzige Falten um die Augen. Er trug keine Pelzjacke mehr, sondern einen sehr eleganten grauen Anzug. Ich dachte, daß wir nicht mehr dieselben seien, er und ich. Während der ganzen Mahlzeit spielten wir auch nicht einmal auf die alten Tage an. Er fragte mich, womit ich mich denn so im Leben beschäftigte. Er duzte mich und nannte mich Patrick. Er hatte den beiden anderen sicherlich erklärt, daß er mich seit langem kenne.

Ich wußte ein bißchen mehr über ihn als in meiner Kinderzeit. Dieses Jahr hatte die Entführung eines marokkanischen Politikers Schlagzeilen gemacht. Einer der Protagonisten der Affäre war unter mysteriösen Umständen in der Rue des Renaudes umgekommen, in dem Augenblick, als die Polizei die Tür aufbrach. Jean D. war ein Freund dieser Person und der letzte, der sie lebend gesehen hatte. Er hatte eine Zeugenaussage gemacht, und in den Zeitungen war darüber geschrieben worden. Doch die Artikel enthielten weitere Einzelheiten: Jean D. hatte früher sieben Jahre im Gefängnis gesessen. Es wurde nicht gesagt, warum, doch nach dem Datum zu schließen, hatten die Schwierigkeiten in der Zeit der Rue du Docteur-Dordaine begonnen.

Es fiel kein Wort über diese Artikel. Ich fragte ihn nur, ob er in Paris wohne.

– Ich habe ein Büro im Faubourg Saint-Honoré. Du solltest mich besuchen …
Nach dem Essen verschwand mein Freund. Ich fand mich allein mit Jean D. und dem Mädchen, das ihn begleitete, einer Brünetten, die etwa zehn Jahre jünger sein mußte als er.
– Soll ich dich irgendwo absetzen?
Er öffnete die Tür eines vor dem Restaurant parkenden Jaguars. Ich hatte aus den Artikeln erfahren, daß er in einem gewissen Milieu »der Große mit dem Jaguar« genannt wurde. Seit Beginn des Essens suchte ich nach einer Gelegenheit, ihn um Erklärungen zu einer Vergangenheit zu bitten, die bis heute ein Rätsel geblieben ist.
– Nennt man dich dieses Wagens wegen den »Großen mit dem Jaguar«? fragte ich.
Doch er zuckte mit den Schultern, ohne zu antworten.
Er wollte mein Zimmer in der Rue Coustou besichtigen. Er und das Mädchen erklommen hinter mir die kleine Treppe, deren ab-

genutzter roter Teppich einen komischen Geruch ausströmte. Sie betraten das Zimmer, und das Mädchen nahm Platz auf der einzigen Sitzgelegenheit – einem Korbsessel. Jean D. blieb stehen.
Es war seltsam, ihn in diesem Zimmer zu sehen mit seinem sehr eleganten grauen Anzug und einer dunklen Seidenkrawatte. Das Mädchen schaute sich um und schien nicht begeistert von der Einrichtung.
– Schreibst du? Läuft's?
Er hatte sich über den Bridgetisch gebeugt und betrachtete die Papierbogen, die ich Tag um Tag zu füllen versuchte.
– Schreibst du mit dem Kugelschreiber?
Er lächelte mir zu.
– Ist hier nicht geheizt?
– Nein.
– Und du kommst zurecht?
Was sollte ich ihm sagen? Ich wußte nicht, wie ich am Monatsende die Miete für dieses Zimmer zahlen sollte: fünfhundert Francs. Gewiß, wir kannten uns seit langem, doch

das war kein Grund, ihm meine Sorgen anzuvertrauen.
– Ich komme zurecht, sagte ich.
– Es sieht nicht so aus.
Einen Moment lang verharrten wir Auge in Auge vor dem Fenster. Obwohl er »der Große mit dem Jaguar« genannt wurde, war ich jetzt etwas größer als er. Er umfing mich mit einem liebevollen und naiven Blick, dem gleichen wie damals in der Rue du Docteur-Dordaine. Er fuhr sich mit der Zunge über die Lippen, und ich erinnerte mich, daß er es zu Hause auch getan hatte, wenn er überlegte. Diese Art, mit der Zunge über die Lippen zu fahren und gedankenverloren zu sein, bemerkte ich später bei jemand anderem noch als Jean D.: bei Emmanuel Berl. Und das rührte mich.
Er schwieg. Ich auch. Seine Freundin saß immer noch im Korbsessel und blätterte in einer Zeitschrift, die auf dem Bett herumlag und die sie im Vorbeigehen genommen hatte. Es war schon besser so, daß dieses

Mädchen da war, sonst hätten Jean D. und ich geredet. Es war nicht leicht, ich las es in seinem Blick. Bei den ersten Worten wäre es uns gegangen wie den Schießbudenfiguren, die zusammensacken, wenn die Kugel die empfindliche Stelle getroffen hat. Annie, die kleine Hélène, Roger Vincent waren sicherlich im Gefängnis gelandet ... Ich hatte meinen Bruder verloren. Der Faden war zerrissen. Ein Marienfaden. Nichts mehr war übrig von alldem ...

Er drehte sich zu seiner Freundin um und sagte:

– Hier hat man einen schönen Blick ... Das ist wirklich die Côte d'Azur ...

Das Fenster ging auf die enge Rue Puget, wo nie jemand vorbeikam. Eine meergrüne Bar an der Straßenecke, ein ehemaliger Wein- und Kohlenladen, vor dem ein einsames Mädchen auf der Lauer lag. Immer dasselbe. Und umsonst.

– Schöner Blick, nicht?

Jean D. inspizierte das Zimmer, das Bett,

den Bridgetisch, an dem ich täglich schrieb. Ich sah ihn von hinten. Seine Freundin lehnte die Stirn an die Scheibe und betrachtete unten die Rue Puget.
Sie verabschiedeten sich und wünschten mir alles Gute. Einige Augenblicke später entdeckte ich auf dem Bridgetisch vier sorgsam gefaltete Fünfhundertfrancsscheine. Ich habe versucht, die Adresse seines Büros im Faubourg Saint-Honoré herauszufinden. Vergeblich. Und ich habe den Großen mit dem Jaguar nie mehr wiedergesehen.

Donnerstags und samstags, wenn Schneewittchen nicht da war, nahm Annie meinen Bruder und mich im 4 CV mit nach Paris. Die Strecke war immer dieselbe, und dank einiger Denkanstrengung gelang es mir, sie zu rekonstruieren. Wir folgten der Westautobahn und fuhren durch den Tunnel von Saint-Cloud. Wir überquerten eine Seinebrücke, dann fuhren wir an den Quais von Boulogne und Neuilly entlang. Ich erinnere mich der großen Häuser an diesen Quais, die hinter Gittertoren und Blattwerk versteckt waren; der Schleppkähne und der schwimmenden Villen, die man über Holztreppen erreichte: jede hatte einen Namen, der auf dem Briefkasten am Anfang der Treppen stand.

– Ich will hier einen Kahn kaufen, und wir werden alle darauf wohnen, sagte Annie.

Wir kamen an die Porte Maillot. Diesen Abschnitt unserer Strecke konnte ich wegen der

kleinen Bahn im zoologischen Garten lokalisieren. Annie hatte uns eines Nachmittags damit fahren lassen. Und wir kamen zum Ziel der Reise, in diesen Bezirk, wo Neuilly, Levallois und Paris ineinander übergehen.
Die Straße war von Bäumen gesäumt, deren Blattwerk ein Gewölbe bildete. Keine Wohnhäuser in dieser Straße, nur Schuppen und Garagen. Wir hielten vor der größten und modernsten Garage mit beiger Giebelfassade.
Im Innern war ein Raum durch Glasscheiben geschützt. Dort erwartete uns ein Mann, ein Blonder mit gelocktem Haar, der hinter einem Metallschreibtisch in einem Ledersessel saß. Er war in Annies Alter. Sie duzten sich. Er trug wie Jean D. ein kariertes Hemd, eine Wildlederjacke, im Winter eine Pelzjacke, und Schuhe mit Kreppsohlen. Unter uns nannten ihn mein Bruder und ich »Buck Danny«, weil ich fand, er sehe einer Figur aus einem Bildermagazin für Kinder ähnlich, das ich damals las.

Was mochten sich Annie und Buck Danny wohl erzählen? Was mochten sie tun, wenn die Bürotür von innen abgeschlossen war und ein Rollo aus orangerotem Stoff hinter den Scheiben heruntergelassen worden war? Mein Bruder und ich spazierten durch die Garage, die noch geheimnisvoller war als die Halle des von Eliot Salter, Marquis de Caussade verlassenen Schlosses. Wir betrachteten nacheinander die Wagen, denen ein Kotflügel, eine Motorhaube, der Reifen eines Rads fehlte; ein Mann im Overall lag unter einem Kabriolett und reparierte etwas mit dem Engländer; ein anderer füllte, den Schlauch in der Hand, den Tank eines Lastwagens auf, der mit einem schrecklichen Motorgebrumm stehengeblieben war. Eines Tages erkannten wir den amerikanischen Wagen von Roger Vincent mit offener Motorhaube, und wir schlossen daraus, daß Buck Danny und Roger Vincent Freunde waren.

Manchmal holten wir Buck Danny bei sich zu Hause ab, in einem Häuserblock an einem Boulevard, und heute scheint mir, daß es der Boulevard Berthier war. Wir warteten auf dem Trottoir auf Annie. Sie kam mit Buck Danny wieder. Wir ließen den 4CV vor dem Häuserblock stehen und gingen alle vier durch kleine, mit Bäumen und Schuppen gesäumte Straßen zur Garage.

Es war kühl in dieser Garage, und der Benzingeruch war stärker als der Geruch des feuchten Grases und des Wassers, wenn wir reglos vor dem Mühlrad standen. Der gleiche Halbschatten lag in manchen Winkeln, wo ausrangierte Autos schliefen. Ihre Karosserien schimmerten sanft in diesem Halbschatten, und ich konnte den Blick nicht von einem Metallschild wenden, das an der Wand hing, einem gelben Schild, auf dem ich einen Namen aus sieben schwarzen Buchstaben las, deren Muster und Klang mir noch heute zu Herzen gehen: CASTROL.

Eines Donnerstags nahm sie mich allein in ihrem 4CV mit. Mein Bruder war mit der kleinen Hélène zum Einkaufen nach Versailles gefahren. Wir blieben vor dem Häuserblock stehen, wo Buck Danny wohnte. Doch diesmal kam sie ohne ihn zurück.
In der Garage war er nicht in seinem Büro. Wir stiegen wieder in den 4CV. Wir folgten den kleinen Straßen des Viertels. Wir verirrten uns. Wir drehten uns im Kreis in diesen Straßen, die sich alle ähnlich sahen mit ihren Bäumen und ihren Schuppen.
Schließlich hielt sie bei einem Backsteingebäude an, von dem ich mich heute frage, ob es nicht das ehemalige Zollamt von Neuilly war. Doch wozu versuchen, die Orte wiederzufinden? Sie drehte sich um und streckte den Arm aus, um einen Plan von Paris und einen anderen Gegenstand von der Rückbank zu nehmen, den sie mir zeigte und von

dem ich nicht wußte, wozu er gebraucht wurde: ein Zigarettenetui aus braunem Krokodilleder.
– Da, Patoche ... Ich schenke es dir ... Später wirst du es brauchen können ...
Ich betrachtete das Etui aus Krokodilleder. Es war innen mit Metall ausgeschlagen und enthielt zwei sehr mild duftende Zigaretten aus hellem Tabak. Ich nahm sie aus dem Etui, und in dem Augenblick, als ich ihr für dieses Geschenk danken und die beiden Zigaretten geben wollte, sah ich ihr Gesicht im Profil. Sie schaute vor sich hin. Eine Träne lief ihr über die Wange. Ich traute mich nichts zu sagen, und der Satz von Fredes Neffen ging mir durch den Kopf: »Annie hat die ganze Nacht im Carroll's geweint.«
Ich spielte mit dem Zigarettenetui herum. Ich wartete. Sie wandte mir ihr Gesicht zu. Sie lächelte mich an.
– Macht es dir Spaß?
Und mit einer jähen Bewegung startete sie. Sie machte immer jähe Bewegungen. Sie trug

immer Männerjacken und Männerhosen. Außer abends. Ihr blondes Haar war sehr kurz. Doch an ihr war so viel weibliche Sanftmut, eine so große Zerbrechlichkeit... Auf dem Rückweg dachte ich an ihr ernstes Gesicht, wenn sie bei Regen mit Jean D. im 4 CV sitzen blieb.

Vor zwanzig Jahren, etwa zu der Zeit, als ich Jean D. wiedersah, kehrte ich in dieses Viertel zurück. Einen Juli und einen August lang bewohnte ich ein winziges Mansardenzimmer am Square de Graisivaudan. Das Waschbecken berührte das Bett. Dessen Ende war ein paar Zentimeter von der Tür entfernt, und um ins Zimmer zu kommen, mußte man sich aufs Bett fallen lassen. Ich versuchte, mein erstes Buch zu Ende zu schreiben. Ich ging im Grenzbereich zwischen 17. Arrondissement, Neuilly und Levallois spazieren, dort, wohin Annie meinen Bruder und mich an den schulfreien Tagen mitnahm. Diese ganze unbestimmte Gegend, von der man nicht mehr wußte, ob das noch Paris war, all diese Straßen wurden beim Bau des Périphérique von der Karte gestrichen und nahmen ihre Garagen und ihre Geheimnisse mit sich.

Ich dachte nicht einen einzigen Augenblick an Annie, als ich in diesem Viertel wohnte, durch das wir so oft gemeinsam gefahren waren. Eine entferntere Vergangenheit trieb mich um, die meinen Vater betraf.

Er war an einem Februarabend in einem Restaurant der Rue de Marignan festgenommen worden. Er hatte keine Papiere bei sich. Die Polizei führte Kontrollen durch auf Grund einer neuen deutschen Verordnung: Juden durften sich nach zwanzig Uhr nicht mehr in der Öffentlichkeit aufhalten. Er hatte das Dämmerlicht und einen Augenblick der Unaufmerksamkeit seitens der Polizisten vor der grünen Minna ausgenützt, um zu fliehen.

Im Jahr darauf war er in seiner Wohnung verhaftet worden. Man hatte ihn ins Depot gebracht, dann in eine Dependance des Lagers Drancy in Paris, am Quai de la Gare, einen riesigen Warenspeicher, wo all das jüdische Hab und Gut gesammelt wurde, das die Deutschen raubten: Möbel, Geschirr,

Wäsche, Spielzeug, Teppiche, Kunstgegenstände, in Etagen und Abteilungen angeordnet wie im Kaufhaus. Die Internierten leerten nach und nach die Kisten, die hereinkamen, und füllten andere Kisten, die nach Deutschland gingen.
Eines Nachts war jemand mit dem Auto zum Quai de la Gare gekommen und hatte meinen Vater befreit. Ich bildete mir ein – zu Recht oder zu Unrecht –, daß es ein gewisser Louis Pagnon war, der »Eddy« genannt wurde und der bei der Befreiung mit den Mitgliedern der Bande von der Rue Lauriston, zu der er gehörte, erschossen worden ist.
Ja, jemand hat meinen Vater aus dem »Loch« geholt, ein Ausdruck, den er selbst einmal verwandt hatte, in meinem fünfzehnten Lebensjahr, als ich eines Abends allein mit ihm war und er sich fast zu Geständnissen hinreißen ließ. Ich spürte an jenem Abend, daß er mir seine Erfahrung der trüben und schmerzlichen Dinge des Lebens gern wei-

tergegeben hätte, doch daß es keine Worte dafür gab. Pagnon oder ein anderer? Ich brauchte eine Antwort auf meine Fragen. Welche Verbindung mochte bestehen zwischen diesem Mann und meinem Vater? Ein ehemaliger Regimentskamerad? Eine zufällige Begegnung der Vorkriegszeit? Damals, als ich am Square de Graisivaudan wohnte, wollte ich dieses Rätsel aufklären, indem ich versuchte, die Spuren Pagnons wiederzufinden. Ich hatte die Erlaubnis erhalten, alte Archive zu konsultieren. Er war in Paris im 10. Arrondissement, zwischen République und Canal Saint-Martin, geboren. Auch mein Vater hatte seine Kindheit im 10. Arrondissement verbracht, doch etwas weiter weg, in der Gegend der Cité d'Hauteville. Waren sie sich in der Grundschule des Viertels begegnet? 1932 war Pagnon von der Strafkammer von Mont-de-Marsan wegen »Betreibens eines Spielkasinos« zu einer leichten Strafe verurteilt worden. Von 1937 bis 1939 war er im 17. Arrondissement Angestellter einer Garage gewesen. Er hatte einen gewissen Henri gekannt, Vertreter der Automobilfirma Simca, der bei der Porte des Lilas wohnte; und einen mit Namen Edmond Delahaye, Werkmeister bei Savary, einem Karosserieschlosser von Aubervilliers. Die drei Männer sahen sich oft, sie arbeiteten alle drei in der Automobilbranche. Der Krieg kam und die Besetzung. Henri hatte ein Schwarzhandelsgeschäft organisiert. Edmond Delahaye diente ihm als Sekretär und Pagnon als Chauffeur. Sie ließen sich mit anderen, wenig vertrauenerweckenden Individuen in einem herrschaftlichen Haus in der Rue Lauriston, nahe der Place de l'Étoile nieder. Diese schweren Jungen – wie mein Vater sagte – gerieten nach und nach ins Räderwerk: von den Schwarzmarktgeschäften ließen sie sich durch die Deutschen zu niederen Polizeidiensten verleiten.

Pagnon war an einem Handel beteiligt gewesen, den der Untersuchungsbericht als die »Biarritzer Socken-Affäre« bezeichnete. Es handelte sich um eine große Menge Socken, die Pagnon bei verschiedenen Schwarzhändlern der Gegend einsammelte. Er machte Päckchen von jeweils zwölf Paaren und deponierte sie in der Nähe des Bahnhofs von Bayonne. Sechs Waggons waren damit gefüllt worden. Im leeren Paris der Besetzung fuhr Pagnon mit dem Auto, er hatte ein Rennpferd gekauft, er bewohnte eine möblierte Luxuswohnung in der Rue des Belles-Feuilles, und er hatte die Frau eines Marquis zur Geliebten. Mit ihr besuchte er die Rennplätze von Neuilly, Barbizon, das Gasthaus Le Fruit Défendu in Bougival ... Wann hatte mein Vater Pagnon kennengelernt? Zum Zeitpunkt der Biarritzer Socken-Affäre? Wer weiß. 1939 hatte mein Vater eines Nachmittags im 17. Arrondissement vor einer Garage angehalten, damit der Reifen seines Fords gewechselt würde, und Pagnon war da. Sie hatten miteinander geredet, Pagnon hatte ihn vielleicht um einen Gefallen oder einen Rat gebeten, sie waren ins Café ne-

benan gegangen, um mit Henri und Edmond Delahaye etwas zu trinken ... Man hat oft sonderbare Begegnungen im Leben.
Ich hatte mich bei der Porte des Lilas herumgetrieben in der Hoffnung, man möge sich noch an einen Vertreter der Automobilfirma Simca erinnern, der 1939 dort wohnte. Einen gewissen Henri. Doch nein. Das sagte niemandem etwas. Die Karosserieschlosserei Savary in Aubervilliers, Avenue Jean-Jaurès, bei der Edmond Delahaye angestellt war, bestand schon lange nicht mehr. Und die Garage im 17. Arrondissement, wo Pagnon arbeitete? Wenn es mir gelänge, sie zu entdecken, würde mir ein ehemaliger Mechaniker von Pagnon und – so hoffte ich – von meinem Vater erzählen. Und ich würde endlich alles wissen, was man wissen mußte und was ja mein Vater auch wußte.
Ich hatte eine Liste der Garagen des 17. Arrondissements erstellt unter Bevorzugung derjenigen, die am Rand des Bezirks lagen.

Ich hatte das Gefühl, daß es eine von diesen war, in der Pagnon arbeitete:

Garage des Réservoirs
Société Ancienne du Garage-Auto-Star
Van Zon
Vicar et Cie
Villa de l'Auto
Garage Côte d'Azur
Garage Caroline
Champerret-Marly-Automobiles
Cristal Garage
De Korsak
Eden Garage
L'Étoile du Nord
Auto-Sport Garage
Garage Franco-Américain
S.O.C.O.V.A.
Majestic Automobiles
Garage des Villas
Auto-Lux
Garage Saint-Pierre
Garage de la Comète

Garage Bleu
Matford-Automobiles
Diak
Garage du Bois des Caures
As Garage
Dixmude-Palace-Auto
Buffalo-Transports
Duvivier (R) S.A.R.L.
Autos-Remises
Lancien Frère
Garage aux Docks de la Jonquière

Heute sage ich mir, daß die Garage, wohin Annie mich und meinen Bruder mitnahm, auf der Liste stehen muß. Vielleicht war es dieselbe wie die von Pagnon. Ich sehe das Blattwerk der Straßenbäume vor mir, die große beige Giebelfassade ... Sie ist mit den anderen abgerissen worden, und all diese Jahre werden für mich nur eine lange und vergebliche Suche nach einer verlorenen Garage gewesen sein.

Annie nahm mich in ein anderes Viertel von Paris mit, das mir später leichtfiel wiederzuerkennen: Montmartre, Avenue Junot. Sie parkte den 4CV vor einem kleinen weißen Haus mit einer schmiedeeisernen Glastür. Sie hieß mich warten. Sie brauche nicht lange. Sie betrat das Haus.

Ich ging auf dem Trottoir der Avenue Junot spazieren. Vielleicht stammt die Vorliebe, die ich immer für dieses Viertel hatte, aus jener Zeit. Eine steile Treppe traf weiter unten auf eine andere Straße, und ich vertrieb mir die Zeit damit, hinunterzusteigen. Ich ging ein paar Meter die Rue Coulaincourt entlang, doch ich wagte mich nicht zu weit vor. Schnell stieg ich wieder die Treppe hinauf aus Furcht, Annie könnte in ihrem 4CV wegfahren und mich allein lassen.

Doch ich kam als erster zurück und mußte noch auf sie warten, so wie wir auch in der

Garage auf sie warteten, wenn der orangefarbene Vorhang hinter der Scheibe von Buck Dannys Büro zugezogen war. Sie kam mit Roger Vincent aus dem Haus. Er lächelte mir zu. Er tat so, als träfe er mich zufällig.

– Na so was … Was treibst du denn in diesem Viertel?

An den folgenden Tagen sagte er zu Andrée K., zu Jean D. oder zur kleinen Hélène:

– Komisch … Ich habe Patoche am Montmartre getroffen … Ich frage mich, was er da wohl gemacht hat …

Und er wandte sich zu mir:

– Sag ihnen nichts. Je weniger man redet, desto besser fühlt man sich.

In der Avenue Junot küßte Annie ihn. Sie nannte ihn »Roger Vincent« und siezte ihn, aber sie küßte ihn.

– Eines Tages lade ich dich zu mir ein, sagte Roger Vincent. Ich wohne hier …

Und er wies auf die schmiedeeiserne Tür des kleinen weißen Hauses.

Wir gingen alle drei auf dem Trottoir. Sein amerikanischer Wagen stand nicht vor dem Haus, und ich fragte ihn warum.

– Ich lasse ihn in der Garage gegenüber …

Wir gingen am Hotel Alsina, nahe der Treppe, vorbei. Eines Tages sagte Annie:

– Da habe ich am Anfang gewohnt mit der kleinen Hélène und Mathilde … Wenn Sie Mathildes Gesicht gesehen hätten …

Roger Vincent lächelte. Und ich, ohne es zu merken, ich lauschte all ihren Worten, und sie prägten sich in mein Gedächtnis ein.

Viel später habe ich geheiratet und einige Jahre in diesem Viertel gewohnt. Ich ging fast täglich die Avenue Junot hinauf. Eines Nachmittags überkam es mich, einfach so: ich stieß die Glastür des weißen Hauses auf. Ich läutete an der Tür des Hausmeisters. Ein rothaariger Mann streckte den Kopf durch die Tür.

– Sie wünschen?

– Es ist wegen jemandem, der vor zwanzig Jahren in dem Haus gewohnt hat ...
– Ach so, aber ich war noch nicht da, Monsieur ...
– Wissen Sie nicht, wie ich etwas über ihn in Erfahrung bringen könnte?
– Wenden Sie sich an die Garage gegenüber. Die da drüben haben alle Welt gekannt.
Doch ich habe mich nicht an die Garage gegenüber gewandt. Ich hatte so viele Tage damit zugebracht, Garagen in Paris zu suchen, ohne sie zu finden, daß ich nicht mehr daran glaubte.

Im Sommer werden die Tage länger, und Annie, weniger streng als Schneewittchen, ließ uns abends auf der leicht abschüssigen Allee vor dem Haus spielen. An diesen Abenden zogen wir nicht unsere Morgenmäntel an. Nach dem Essen begleitete uns Annie bis zur Haustür und gab mir ihre Armbanduhr:
– Ihr dürft spielen bis halb zehn ... Um halb zehn kommt ihr herein ... Du schaust auf die Uhr, Patoche ... Ich verlasse mich auf dich ...
Wenn Jean D. da war, vertraute er mir seine mächtige Uhr an. Er stellte sie so ein, daß genau um halb zehn ein kleines Klingelzeichen – wie das eines Weckers – ankündigte, daß es Zeit sei, ins Haus zurückzukehren.
Wir beide gingen die Allee hinunter bis zur Straße, wo noch einige wenige Autos vorbeifuhren. Der Bahnhof etwa hundert Meter

weiter rechts, ein kleines baufälliges Fachwerkhaus, ähnelte einer Villa am Meer. Davor ein verlassener Platz, gesäumt von Bäumen und dem CAFÉ DE LA GARE.

Eines Donnerstags war mein Vater nicht mit einem seiner Freunde im Auto gekommen, sondern mit dem Zug. Am späten Nachmittag hatten wir beide ihn wieder zum Bahnhof begleitet. Und da wir zu früh waren, hatte er uns auf die Terrasse des Café de la Gare eingeladen. Mein Bruder und ich hatten ein Coca-Cola getrunken und er einen Brandy mit Wasser.

Er hatte gezahlt und war aufgestanden, um den Zug zu erreichen. Bevor er uns verließ, sagte er:

– Vergeßt nicht ... Wenn ihr zufällig den Marquis de Caussade im Schloß seht, richtet ihm viele Grüße aus von Albert ...

An der Einmündung der Allee beobachteten wir im Schutz eines Ligustergebüschs den Bahnhof. Von Zeit zu Zeit kam eine Gruppe Reisender heraus und zerstreute sich in

Richtung Dorf, Bièvre-Mühle, Les Mets. Die Reisenden wurden seltener. Bald überquerte eine einzelne Person den Platz. Der Marquis de Caussade? Komme was da wolle, in dieser Nacht mußten wir das Abenteuer wagen und ins Schloß gehen. Doch wir wußten auch, daß dieser Plan unaufhörlich auf den nächsten Tag verschoben werden würde.
Wir verharrten eine Weile reglos vor den Hekken, die das Gasthaus Robin des Bois schützten. Wir lauschten den Unterhaltungen der Gäste, die an den Gartentischen saßen. Sie waren hinter den Hecken verborgen, doch wir hörten ihre Stimmen, ganz nah. Wir hörten das Klappern der Bestecke, die Schritte der Kellner auf dem Kies. Der Geruch gewisser Speisen mischte sich mit dem Duft des Ligusters. Doch dieser war am stärksten. Die ganze Allee roch nach Liguster.
Droben wurde das *bow window* des Salons erleuchtet. Der amerikanische Wagen von Roger Vincent stand vor dem Haus. An jenem Abend war er mit Andrée K. gekom-

men, der »Frau des berühmten Doktors«, derjenigen, die mit der Bande von der Rue Lauriston verkehrt hatte und die Roger Vincent duzte. Es war noch nicht halb zehn, doch Annie trat aus dem Haus in ihrem hellblauen, in der Taille gerafften Kleid. Gebückt überquerten wir, so schnell wir konnten, erneut die Allee und versteckten uns hinter den Büschen des Wäldchens, das nach der protestantischen Kirche begann. Annie kam näher. Ihr blondes Haar bildete einen Fleck in der Dämmerung. Wir hörten ihre Schritte. Sie versuchte uns zu finden. Das war ein Spiel zwischen uns. Jedesmal versteckten wir uns an einer anderen Stelle in diesem verlassenen Gelände, wo Bäume und Gestrüpp überhandnahmen. Schließlich entdeckte sie unser Versteck, weil wir uns vor Lachen nicht mehr halten konnten, wenn sie zu nahe kam. Wir kehrten alle drei ins Haus zurück. Sie war ein Kind, wie wir.

Ein paar Sätze prägen sich einem für immer ein. Im Hof der protestantischen Kirche gegenüber dem Haus fand eines Nachmittags eine Art Kirmes statt. Von unserem Zimmerfenster aus hatten wir einen Überblick über die kleinen Stände, um die sich Kinder und ihre Eltern drängten. Beim Mittagessen hatte Mathilde zu mir gesagt:
– Würde es dir Spaß machen, zum Kirchweihfest zu gehen, dummes Seelchen?
Sie war mit uns hingegangen. Wir hatten ein Los gekauft und zwei Päckchen Mandelkrokant gewonnen. Auf dem Rückweg hatte Mathilde zu mir gesagt:
– Sie haben euch aufs Fest gelassen, weil ich protestantisch bin, dummes Seelchen!
Sie war so streng wie gewöhnlich und trug die Kamee und das schwarze Kleid.
– Und laß dir eins gesagt sein: die Protestanten sehen alles! Man kann ihnen nichts verbergen! Sie haben nicht nur zwei Augen! Sie haben auch eines am Hinterkopf! Hast du verstanden?

Sie zeigte mit dem Finger auf ihren Knoten.
– Hast du verstanden, dummes Seelchen? Ein Auge am Hinterkopf!
Von da an waren mein Bruder und ich in ihrer Gegenwart verlegen und besonders, wenn wir hinter ihr vorbeigingen. Ich brauchte lange, um zu begreifen, daß die Protestanten Leute waren wie andere auch, und nicht jedesmal, wenn ich einen traf, die Straßenseite zu wechseln.

Nie wieder wird ein Satz für uns einen solchen Nachklang haben. Das war wie das Lächeln von Roger Vincent. Ich bin einem derartigen Lächeln nie mehr begegnet. Selbst in Roger Vincents Abwesenheit schwebte sein Lächeln in der Luft. Ich erinnere mich an einen anderen Satz, den Jean D. zu mir gesagt hatte. Eines Morgens hatte er mich auf seinem Motorrad bis zur Straße nach Versailles mitgenommen. Er fuhr nicht zu schnell, und ich hielt mich an seiner Pelzjacke fest. Auf dem Rückweg blieben wir vor dem Gasthaus Robin des Bois stehen. Er wollte Zigaretten kaufen. Die Wirtin befand sich allein hinter dem Tresen des Gasthauses, eine blonde, junge und sehr hübsche Frau, die nicht jene war, die mein Vater gekannt hatte zu der Zeit, als er mit Eliot Salter, Marquis de Caussade, und vielleicht mit Eddy Pagnon in dieses Gasthaus kam.

– Ein Päckchen Balto, verlangte Jean D.

Die Wirtin reichte ihm das Päckchen Zigaretten und lächelte uns beiden zu. Als wir aus dem Gasthaus kamen, sagte Jean D. mit ernster Stimme:

– Siehst du, mein Junge ... Die Frauen ... Von weitem scheinen sie phantastisch ... Aber aus der Nähe ... Man muß sich in acht nehmen ...

Er sah plötzlich traurig aus.

An einem Donnerstag spielten wir auf dem Hügel neben dem Schloß. Die kleine Hélène saß auf der Bank, die normalerweise Schneewittchens Platz war, und paßte auf uns auf. Wir erklommen die Äste der Kiefern. Ich war zu hoch in den Baum hinaufgestiegen, und als ich von einem Ast zum anderen kletterte, wäre ich fast hinuntergefallen. Als ich vom Baum stieg, war die kleine Hélène ganz blaß. Sie trug an jenem Tag ihre Reithose und das perlmuttbesetzte Bolero.

– Das ist keine Heldentat ... Du hättest dich umbringen können ...

Ich hatte sie nie in diesem heftigen Ton reden hören.

– Das darfst du nicht noch einmal machen.

Ich war so wenig gewohnt, sie zornig zu sehen, daß ich weinen mußte.

– Ich war nach einer solchen Dummheit gezwungen, meinen Beruf aufzugeben ...

Sie nahm mich bei der Schulter und zog mich zu der steinernen Bank unter den Bäumen. Ich mußte mich setzen. Sie zog aus der Innentasche ihres Boleros eine Brieftasche aus Krokodilleder – von der gleichen Farbe wie das Zigarettenetui, das mir Annie geschenkt hatte und das aus demselben Geschäft kommen mußte. Und aus dieser Brieftasche holte sie ein Stück Papier, das sie mir hinhielt.

– Kannst du lesen?

Es war ein Zeitungsartikel mit einem Foto. Ich las, was in Großbuchstaben darauf stand: TRAPEZKÜNSTLERIN HÉLÈNE TOCH ERLITT SCHLIMMEN UNFALL. MUSTAPHA AMAR AM KRANKENBETT. Sie nahm den Artikel wieder an sich und legte ihn in die Brieftasche.

– Das passiert sehr schnell im Leben, ein Unfall ... Ich war wie du ... Ich wußte nicht ... Ich hatte Vertrauen ...

Sie schien zu bedauern, daß sie mit mir geredet hatte wie mit einem Erwachsenen:

– Ich lade euch zum Kuchenessen ein ... Wir holen etwas in der Bäckerei ...

In der Rue du Docteur-Dordaine blieb ich ein bißchen zurück, um sie gehen zu sehen. Sie hinkte leicht, und es war mir bis dahin nicht in den Sinn gekommen, daß sie nicht immer gehinkt hatte. So passieren also Unfälle im Leben. Diese Entdeckung verwirrte mich sehr.

An dem Nachmittag, als ich allein in Annies 4 CV mit nach Paris gefahren war und sie mir das Zigarettenetui aus Krokodilleder geschenkt hatte, waren wir schließlich wieder unserem Weg durch die heute zerstörten Sträßchen des 17. Arrondissements gefolgt. Wir fuhren wie gewöhnlich an den Seinequais entlang. Bei Neuilly und der Île de Puteaux hatten wir einen Augenblick auf der Uferböschung angehalten. Von den Holztreppen, die auf Pontons in hellen Farben hinunterführten, betrachteten wir die schwimmenden Villen und die in Wohnungen verwandelten Kähne.

– Wir werden bald umziehen müssen, Patoche ... Und hier will ich wohnen ...

Sie hatte mit uns schon darüber gesprochen, mehrmals. Wir waren ein bißchen beunruhigt von der Aussicht, das Haus und das Dorf zu verlassen. Doch auf einem dieser Kähne zu wohnen ... Tag um Tag warteten wir auf den Aufbruch zu diesem neuen Abenteuer.

– Wir werden ein Zimmer für euch beide herrichten ... Mit Bullaugen ... Es wird einen großen Salon und eine Bar geben ...

Sie träumte laut. Wir stiegen wieder in den 4CV. Auf der Autobahn, nach dem Tunnel von Saint-Cloud, wandte sie mir ihr Gesicht zu. Sie umfing mich mit einem Blick, der noch heller war als sonst.

– Weißt du, was du tun solltest? Du solltest jeden Abend aufschreiben, was du am Tag getan hast ... Ich kaufe dir ein Heft dafür...

Das war eine gute Idee. Ich steckte die Hand in die Tasche, um zu prüfen, ob ich das Zigarettenetui noch hatte.

Gewisse Gegenstände verschwinden im ersten Moment der Unaufmerksamkeit aus unserem Leben, doch dieses Zigarettenetui ist mir treu geblieben. Ich wußte, es würde immer in Reichweite sein, in der Schublade eines Nachttischs, in einem Garderobenfach, auf dem Grund eines Pultes, in der Innentasche eines Jacketts. Ich war seiner und seiner Anwesenheit so sicher, daß ich es schließlich vergaß. Außer in den Stunden der Trübsal. Dann betrachtete ich es aus allen Blickwinkeln. Es war der einzige Gegenstand, der von einem Abschnitt meines Lebens zeugte, über den ich mit niemandem sprechen konnte und von dem ich mich manchmal fragte, ob ich ihn wirklich erlebt hatte.

Dennoch hätte ich es eines Tages fast verloren. Ich befand mich in einem dieser Collèges, wo ich bis zum Alter von siebzehn Jahren wartete, daß die Zeit verging. Mein Zigarettenetui erregte die Begehrlichkeit von zwei Zwillingsbrüdern, die der Großbourgeoisie angehörten. Sie hatten eine Vielzahl von Cousins in den anderen Klassen, und ihr Vater trug den Titel »Erster Schütze Frankreichs«. Wenn sie sich alle gegen mich verbündeten, würde ich mich nicht wehren können.

Das einzige Mittel, ihnen zu entgehen, war, mich so schnell wie möglich von diesem Collège verweisen zu lassen. Eines Morgens riß ich aus und nützte die Gelegenheit, um Chantilly, Mortefontaine, Ermenonville und die Abtei von Chaalis zu besichtigen. Zur Abendessenszeit kam ich ins Collège zurück. Der Direktor verkündete mir meine Relegation, doch es war ihm nicht gelungen, meine Eltern zu erreichen. Mein Vater war seit einigen Monaten in Kolumbien auf der Suche nach einer Goldader, auf die ein Freund ihn hingewiesen hatte; meine Mutter war in der Gegend von La Chaux-de-Fonds auf Tournee. Ich wurde in einem Krankenzimmer isoliert, bis jemand käme und mich abholte. Ich hatte nicht das Recht, am Unterricht teilzunehmen, noch mit meinen Kameraden im Speisesaal die Mahlzeiten einzunehmen. Diese Art diplomatischer Immunität brachte mich endgültig in Sicherheit vor den beiden Brüdern, ihren Cousins und dem Ersten Schützen Frankreichs. Jede Nacht, bevor ich einschlief, überzeugte ich mich unter meinem Kopfkissen von der Anwesenheit meines Zigarettenetuis aus Krokodilleder.

Einige Jahre später sollte dieser Gegenstand ein letztes Mal die Aufmerksamkeit auf sich ziehen. Ich war schließlich Annies Rat gefolgt, als sie mir sagte, ich solle jeden Tag in ein Heft schreiben: ich hatte gerade ein erstes Buch beendet. Ich saß an der Theke eines Cafés in der Avenue de Wagram. Neben mir stand ein Mann von etwa sechzig Jahren mit schwarzem Haar, einer Brille mit sehr dünnem Gestell und in einem Anzug, der ebenso gepflegt war wie seine Hände. Ich beobachtete ihn seit ein paar Minuten und fragte mich, was er wohl im Leben tun mochte.

Er hatte den Kellner gebeten, ihm ein Päckchen Zigaretten zu bringen, doch es wurden keine verkauft in diesem Café. Ich reichte ihm mein Etui aus Krokodilleder.

– Vielen Dank, Monsieur.

Er zog eine Zigarette heraus. Sein Blick blieb auf das Etui aus Krokodilleder geheftet.

– Erlauben Sie?

Er nahm es mir aus der Hand. Er drehte es um und um, mit gerunzelter Stirn.

– Ich hatte das gleiche.

Er gab es mir zurück und betrachtete mich aufmerksam.

– Das ist ein Artikel, von dem uns der ganze Lagerbestand gestohlen worden ist. Danach haben wir ihn nicht mehr verkauft. Sie besitzen ein sehr seltenes Sammlerstück, Monsieur...

Er lächelte mir zu. Er hatte in leitender Funktion in einem großen Lederwarengeschäft der Champs-Élysées gearbeitet, doch jetzt war er im Ruhestand.

– Sie haben sich nicht mit Etuis wie diesem begnügt. Sie haben den ganzen Laden ausgeraubt.

Er hatte sein Gesicht zu mir geneigt und lächelte mir immer noch zu.

– Glauben Sie nur nicht, daß ich Sie im mindesten verdächtige ... Sie waren damals zu jung ...

– Ist es lange her? fragte ich ihn.

– Etwa fünfzehn Jahre.

– Und sind sie gefaßt worden?

– Nicht alle. Das waren Leute, die noch Schlimmeres angestellt hatten als diesen Einbruch ...

Noch Schlimmeres. Dieses Wort kannte ich schon. Die Trapezkünstlerin Hélène Toch erlitt einen SCHLIMMEN UNFALL. Und der junge Mann mit den großen blauen Augen, der mir später geantwortet hatte: ETWAS SEHR SCHLIMMES.

Draußen auf der Avenue de Wagram ging ich

mit einer merkwürdigen Erregung im Herzen weiter. Es war seit langem das erste Mal, daß ich Annies Gegenwart spürte. Sie ging hinter mir her an jenem Abend. Auch Roger Vincent und die kleine Hélène mußten sich irgendwo in dieser Stadt befinden. Im Grunde hatten sie mich nie verlassen.

Schneewittchen verschwand für immer, ohne uns davon zu unterrichten. Beim Mittagessen sagte Mathilde zu mir:
– Sie ist weggegangen, weil sie sich nicht mehr um dich kümmern wollte, dummes Seelchen!
Annie zuckte mit den Schultern und blinzelte mir zu.
– Du redest dummes Zeug, Mama! Sie ist gegangen, weil sie zu ihrer Familie zurückkehren mußte.
Mathilde kniff die Augen zusammen und warf einen bösen Blick auf ihre Tochter.
– So spricht man vor Kindern nicht mit seiner Mutter!
Annie tat so, als hörte sie nicht zu. Sie lächelte uns an.
– Hast du gehört? sagte Mathilde zu ihrer Tochter. Mit dir wird es böse enden! Wie mit dem dummen Seelchen!

Erneut zuckte Annie mit den Schultern.

– Beruhigen Sie sich, Thilda, sagte die kleine Hélène.

Mathilde zeigte mit dem Finger auf ihren Knoten am Hinterkopf.

– Du weißt, was das bedeutet, hm? Jetzt, wo Schneewittchen nicht mehr da ist, bin ich es, die auf dich aufpaßt, dummes Seelchen!

Annie begleitete mich zur Schule. Wie gewöhnlich hatte sie mir die Hand auf die Schulter gelegt.

– Du mußt nicht darauf achten, was Mama sagt ... Sie ist alt ... Die Alten sagen alles mögliche ...

Wir waren zu früh dran. Wir warteten vor der Eisentür des Schulhofs.

– Du und dein Bruder, ihr werdet eine Nacht oder zwei im Haus gegenüber schlafen ... weißt du, das weiße Haus ... Weil Gäste kommen, die ein paar Tage bei uns wohnen werden ...

Sie muß gemerkt haben, daß ich beunruhigt war.
– Aber ich bleibe auf jeden Fall bei euch ... Du wirst sehen, ihr werdet euren Spaß haben ...
Im Unterricht hörte ich nicht zu. Ich dachte an etwas anderes. Schneewittchen war weg, und wir, wir würden im Haus gegenüber wohnen.

Nach der Schule ging Annie mit uns in das Haus gegenüber. Sie läutete an dem kleinen Eingang, der auf die Rue du Docteur-Dordaine hinausging. Eine schwarzgekleidete und ziemlich dicke brünette Dame öffnete uns. Das war die Hausmeisterin, denn die Eigentümer wohnten nie dort.
– Das Zimmer ist bereit, sagte die Hausmeisterin.
Wir gingen eine Treppe hinauf, die vom elektrischen Licht erleuchtet war. Alle Fensterläden des Hauses waren geschlossen.

Wir folgten einem Flur. Die Hausmeisterin öffnete eine Tür. Dieses Zimmer war größer als unseres, und es standen zwei Betten darin mit Messingstäben, zwei Erwachsenenbetten. Eine hellblaue gemusterte Tapete bedeckte die Wände. Das Fenster ging auf die Rue du Docteur-Dordaine. Die Fensterläden waren offen.

– Ihr werdet euch hier sehr wohl fühlen, Kinder, sagte Annie.

Die Hausmeisterin lächelte uns zu. Sie sagte:

– Morgen früh mache ich euch das Frühstück.

Wir gingen die Treppe hinunter, und die Hausmeisterin zeigte uns das Erdgeschoß des Hauses. Im großen Salon mit den geschlossenen Fensterläden funkelten zwei Kronleuchter mit all ihren Kristallen und blendeten uns. Die Möbel waren mit durchsichtigen Überzügen geschützt. Nur das Klavier nicht.

Nach dem Abendessen gingen wir mit Annie hinaus. Wir trugen unsere Schlafanzüge und unsere Morgenmäntel. Ein Frühlingsabend. Es machte Spaß, die Morgenmäntel draußen zu tragen, und wir gingen mit Annie die Allee hinunter bis zum Gasthaus Robin des Bois. Wir wären gern jemandem begegnet, damit er sähe, wie wir im Morgenmantel auf der Straße herumspazieren.

Wir klingelten an der Tür des Hauses gegenüber, und wieder öffnete uns die Hausmeisterin und führte uns in unser Zimmer. Wir legten uns in die Betten mit den Eisenstäben. Die Hausmeisterin sagte, sie schliefe neben dem Salon, und wenn wir je etwas brauchten, könnten wir sie rufen.

– Auf jeden Fall bin ich ganz in der Nähe, Patoche …, sagte Annie.

Sie gab uns einen Kuß auf die Stirn. Wir hatten uns nach dem Essen schon in unserem richtigen Zimmer die Zähne geputzt. Die Hausmeisterin machte die Fensterläden zu, löschte das Licht, und beide gingen hinaus.

In dieser ersten Nacht plauderten wir lange, mein Bruder und ich. Wir wären gern in den Salon im Erdgeschoß hinuntergegangen, um die Kronleuchter, die Möbel unter den Überzügen und das Klavier zu sehen, doch wir hatten Angst, das Holz der Treppe könnte knacken und die Hausmeisterin mit uns schimpfen.
Am nächsten Morgen war Donnerstag. Ich mußte heute nicht in die Schule. Die Hausmeisterin brachte uns auf einem Tablett das Frühstück ins Zimmer. Wir bedankten uns.
Fredes Neffe kam an diesem Donnerstag nicht. Wir blieben in dem großen Garten vor der Fassade des Hauses mit den geschlossenen Läden an den Fenstertüren. Es gab eine Trauerweide und ganz hinten einen Zaun aus Bambusstäben, durch den man die Terrasse des Gasthauses Robin des Bois und die Tische, die die Kellner für den Abend deckten, sehen konnte. Mittags hatten wir belegte Brote gegessen. Die Hausmeisterin hatte sie

für uns hergerichtet. Wir saßen mit unseren Broten auf den Gartenstühlen wie bei einem Picknick. Abends war schönes Wetter, und wir aßen im Garten. Die Hausmeisterin hatte uns wieder Brote mit Schinken und mit Käse bereitet. Zwei Apfelkuchen zum Nachtisch. Und Coca-Cola.

Nach dem Essen kam Annie. Wir hatten unsere Schlafanzüge und unsere Morgenmäntel angezogen. Wir gingen mit ihr hinaus. Diesmal überquerten wir die Straße unten. In der Nähe der öffentlichen Anlagen trafen wir Leute, und sie schienen erstaunt, uns im Morgenmantel zu sehen. Annie trug ihre alte Lederjacke und die Bluejeans. Wir gingen am Bahnhof entlang. Ich dachte, daß wir in unseren Morgenmänteln mit dem Zug bis nach Paris hätten fahren können.

Als wir zurückkamen, küßte uns Annie im Garten des weißen Hauses und gab jedem von uns eine Mundharmonika.

Ich erwachte mitten in der Nacht. Ich hörte ein Motorengeräusch. Ich stand auf und ging ans Fenster, um nachzuschauen. Die Hausmeisterin hatte die Läden nicht zugemacht, sie hatte nur die roten Vorhänge zugezogen.

Gegenüber war das *bow window* des Salons erleuchtet. Der Wagen von Roger Vincent stand vor dem Haus, das schwarze Verdeck war geschlossen. Auch Annies 4 CV war da. Doch das Motorengeräusch kam von einem Lastwagen mit Plane, der auf der anderen Straßenseite vor der Mauer der protestantischen Kirche anhielt. Der Motor ging aus. Zwei Männer stiegen aus dem Lastwagen. Ich erkannte Jean D. und Buck Danny, und sie betraten beide das Haus. Ab und zu sah ich eine Silhouette vor dem *bow window* des Salons vorübergehen. Ich war müde. Am nächsten Morgen weckte uns die Hausmeisterin, indem sie uns das Frühstückstablett brachte. Sie und mein Bruder begleiteten mich zur Schule. Weder der Lastwagen noch der Wagen von Roger Vincent standen in der Rue du Docteur-Dordaine. Doch Annies 4 CV war immer noch da, vor dem Haus.

Als die Schule aus war, wartete mein Bruder auf mich, ganz allein.
– Bei uns ist niemand mehr.
Er sagte, daß die Hausmeisterin ihn vorhin ins Haus zurückgebracht habe. Annies 4CV stand dort, aber niemand war da. Die Hausmeisterin mußte in Versailles Besorgungen machen bis am späten Nachmittag; sie hatte meinen Bruder im Haus zurückgelassen und ihm erklärt, Annie würde bald wiederkommen, denn ihr Wagen sei ja da. Mein Bruder hatte im leeren Haus gewartet.
Er war erleichtert, mich wiederzusehen. Er lachte sogar, wie jemand, der Angst gehabt hat und nun ganz und gar beruhigt ist.
– Sie sind nach Paris gefahren, sagte ich zu ihm. Mach dir keine Sorgen.
Wir folgten der Rue du Docteur-Dordaine. Annies 4CV war da.

Niemand im Eßzimmer und in der Küche. Niemand im Salon. Annies Zimmer im ersten Stock war leer. Auch das der kleinen Hélène. Auch das von Mathilde am Ende des Flurs. Wir betraten das Zimmer von Schneewittchen. Vielleicht war ja Schneewittchen zurückgekommen. Nein. Es war, als hätte nie jemand in diesen Zimmern gewohnt. Aus unserem Fenster sah ich hinunter auf Annies 4 CV.

Die Stille im Haus machte uns angst. Ich schaltete das Radio ein, und wir aßen zwei Äpfel und zwei Bananen, die im Obstkorb auf dem Büfett übriggeblieben waren. Ich öffnete die Tür zum Garten. Der grüne Autoskooter stand immer noch da, mitten im Hof.

– Wir warten auf sie, sagte ich zu meinem Bruder.

Die Zeit verging. Die Zeiger des Küchenweckers zeigten zwanzig vor zwei. Es war Zeit, in die Schule zu gehen. Aber ich konnte meinen Bruder nicht ganz allein lassen. Wir saßen einander gegenüber am Eßzimmertisch. Wir hörten Radio.

Wir gingen aus dem Haus. Annies 4CV war immer noch da. Ich öffnete eine Tür und setzte mich auf den Vordersitz, an meinen gewohnten Platz. Ich stöberte im Handschuhfach und schaute auf dem Rücksitz nach. Nichts. Nur eine alte leere Zigarettenschachtel.
– Wir spazieren zum Schloß, sagte ich zu meinem Bruder.
Es war windig. Wir folgten der Rue du Docteur-Dordaine. Meine Kameraden waren schon wieder in der Klasse, und der Lehrer hatte meine Abwesenheit bemerkt. Je länger wir gingen, um so tiefer wurde die Stille um uns. Diese Straßen und all diese Häuser lagen wie verlassen unter der Sonne.
Der Wind bewegte sanft die hohen Gräser der Wiese. Wir beide waren nie allein hierhergekommen. Die zugemauerten Fenster

des Schlosses beunruhigten mich genauso wie am Abend, wenn wir mit Schneewittchen von unseren Spaziergängen im Wald zurückkamen. Die Fassade des Schlosses war in diesen Augenblicken düster und bedrohlich. Wie jetzt, mitten am Nachmittag.

Wir setzten uns auf die Bank, dorthin, wo Schneewittchen und die kleine Hélène sich setzten, wenn wir auf die Äste der Kiefern kletterten. Diese Stille umgab uns immer noch, und ich versuchte, ein Lied auf der Mundharmonika zu spielen, die Annie mir gegeben hatte.

In der Rue du Docteur-Dordaine sahen wir von weitem einen schwarzen Wagen, der auf der Höhe des Hauses parkte. Ein Mann saß am Steuer, sein Bein ragte aus der offenen Tür, und er las eine Zeitung. Vor der Haustür stand sehr aufrecht, mit unbedecktem Kopf, ein Polizist. Er war jung, das blonde Haar kurz geschnitten, und seine großen blauen Augen sahen ins Leere.

Er schreckte auf und betrachtete meinen Bruder und mich mit runden Augen.

– Was macht ihr hier?

– Das ist mein Haus, sagte ich zu ihm. Ist etwas passiert?

– Etwas sehr Schlimmes.

Ich hatte Angst. Er aber auch, seine Stimme zitterte ein bißchen. Ein kleiner Lastwagen mit Kran tauchte an der Ecke der Allee auf. Polizisten stiegen aus und befestigten Annies 4 CV an dem Kran. Dann fuhr der Lastwagen los und zog Annies 4 CV langsam hinter sich her, die Rue du Docteur-Dordaine entlang. Das beeindruckte mich am meisten und machte mir am meisten Kummer.

– Es ist sehr schlimm, sagte er. Ihr könnt nicht hinein.

Doch wir gingen hinein. Jemand telefonierte im Salon. Ein brünetter Mann im Gabardinemantel saß auf der Kante des Eßzimmertischs. Er sah meinen Bruder und mich. Er kam auf uns zu.

– Aha ... Seid ihr ... die Kinder? ...

Er wiederholte:

– Seid ihr die Kinder?

Er zog uns in den Salon. Der Mann, der am Telefon sprach, legte auf. Er war klein, die Schultern sehr breit, und er trug eine schwarze Lederjacke. Wie der andere sagte er:

– Aha ... Das sind die Kinder ...

Er sagte zu dem Mann im Gabardinemantel:

– Du mußt sie aufs Kommissariat von Ver-

sailles bringen ... In Paris meldet sich niemand ...
Etwas sehr Schlimmes, hatte der Polizist mit den großen blauen Augen gesagt. Ich erinnerte mich an den Zeitungsausschnitt, den die kleine Hélène in ihrer Brieftasche aufbewahrte: DIE TRAPEZKÜNSTLERIN HÉLÈNE TOCH ERLITT SCHLIMMEN UNFALL. Ich war hinter ihr zurückgeblieben, um sie gehen zu sehen. Sie hatte nicht immer schon so gehinkt.
– Wo sind eure Eltern? fragte mich der Brünette im Gabardinemantel.
Ich suchte nach einer Antwort. Es war zu kompliziert, ihm Erklärungen zu liefern. Annie hatte es mir wohl gesagt an dem Tag, als wir zusammen zur Direktorin der Jeanne-d'Arc-Schule gegangen waren und sie getan hatte, als wäre sie meine Mutter.
– Weißt du nicht, wo deine Eltern sind?
Meine Mutter spielte irgendwo in Nordafrika ihr Theaterstück. Mein Vater war in

Brazzaville oder in Bangui oder noch weiter weg. Es war zu kompliziert.
– Sie sind tot, sagte ich.
Er schreckte auf. Er betrachtete mich stirnrunzelnd. Man hätte glauben können, er habe plötzlich Angst vor mir. Auch der kleine Mann mit der Lederjacke starrte mich mit besorgtem Blick und offenem Mund an. Zwei Polizisten kamen in den Salon.
– Machen wir weiter mit der Hausdurchsuchung? fragte einer von ihnen den Brünetten im Gabardinemantel.
– Ja ... Ja ... Machen Sie weiter ...
Sie gingen. Der Brünette im Gabardinemantel beugte sich zu uns herab.
– Geht spielen in den Garten ..., sagte er mit sehr sanfter Stimme. Ich komme gleich zu euch.
Er nahm uns an der Hand und führte uns hinaus. Der grüne Autoskooter war immer noch da. Er streckte den Arm in Richtung Garten aus:
– Geht spielen ... Bis gleich ...

Und er kehrte ins Haus zurück.
Wir gingen über die Steintreppe bis zur ersten Terrasse des Gartens, da wo das Grab von Doktor Guillotin unter Klematis versteckt war und wo Mathilde einen Rosenstock gepflanzt hatte. Das Fenster von Annies Zimmer stand weit offen, und da wir uns in Höhe dieses Fensters befanden, konnte ich gut sehen, daß sie überall in Annies Zimmer herumwühlten.
Unten durchquerte der kleine Mann mit der schwarzen Lederjacke den Hof, eine Taschenlampe in der Hand. Er beugte sich über den Brunnenrand, schob das Geißblatt zur Seite und versuchte, mit seiner Taschenlampe etwas auf dem Grund zu entdecken. Die anderen durchsuchten weiterhin Annies Zimmer. Noch andere kamen, Polizisten und Männer in Alltagskleidung. Sie stöberten überall herum, selbst in unserem Autoskooter, sie gingen über den Hof, sie zeigten sich an den Fenstern des Hauses, sie redeten miteinander, sehr laut. Und wir, mein Bru-

der und ich, taten so, als spielten wir im Garten, während wir darauf warteten, daß uns jemand holte.

Die Bücher von Patrick Modiano
im Suhrkamp Verlag:

Eine Jugend
Aus dem Französischen von Peter Handke
1985

Die Gasse der dunklen Läden
Aus dem Französischen von Gerhard Heller
suhrkamp taschenbuch 1521. 1988

Villa Triste. Roman
Aus dem Französischen von Walter Schürenberg
suhrkamp taschenbuch 1584. 1988

Sonntage im August. Roman
Aus dem Französischen von Andrea Spingler
1989

Pariser Trilogie:
Abendgesellschaft/Außenbezirke/
Familienstammbuch
Drei Romane
Aus dem Französischen von Walter Schürenberg
suhrkamp taschenbuch 1686. 1989

Straferlaß. Roman
Aus dem Französischen von Andrea Spingler
1990